愛と暴力の戦後とその後

赤坂真理

JN275891

講談社現代新書

2246

まえがき

これは、研究者ではない一人のごく普通の日本人が、自国の近現代史を知ろうともがいた一つの記録である。

それがあまりにわからなかったし、教えられもしなかったから。

私は歴史に詳しいわけではない。けれど、知る過程で、習ったなけなしの前提さえも、危うく思える体験をたくさんした。

そのときは、習ったことより原典を信じることにした。

少なからぬ「原典」が、英語だったりした。


これは、一つの問いの書である。

問い自体、新しく立てなければいけないのではと、思った一人の普通の日本人の、その過程の記録である。

私の家には、何か隠されたことがある。
ごく小さなころから、そう感じていた。
でも、こういうことだったのかもしれない。
——私の国には、何か隠されたことがある。

プロローグ　二つの川

人が電気で死ぬところを見たことがある。

すごい音がするのだ。晴れた空を引き裂き、その圧で聴く者の体内をも打つような。その割に匂いは覚えていない。本当になかったのかも知れない。

死ぬところを見た、というよりは、一瞬で死んだ人の死体を見た、という方が正しいかも知れない。彼は、私が見るまで生きていて、見たときには死体だった。何も変わって見えないのに、生命がそこから失せていることだけが、わかった。

一瞬で、不思議なほどに清潔な死だった。

それは高圧送電線の作業員の事故だった。

夏休み。私はたしか小学校低学年だ。朝顔に水をやっていた。夏の宿題の定番、観察日記をつけるのだ。

朝顔に水をやっていると、庭にいた私の頭上で、身もすくむ衝撃音がした。なのに、見上げても別段変わったことはない。空は夏に特有のもやった青で、家の塀際にひまわりの黄が揺れていた。その上に、人がいた。

人が、揺れていた。

やがて観衆が集まりだした。近所の人がちらほらと戸外に出、空を見上げ、指差し、やがて消防車が来、救急車が来、派手なサイレンの音は遠くからの野次馬をも呼んだ。都内の中央線沿線の町は、幹線道路以外の道では車の対面通行がむずかしいくらいだ。そんな道に何台もの大きな緊急車両が進入するのは大変だった。緊急車両は人垣を抜けるのだけでも往生した。

その間も、死体はずっとぶら下がって揺れていた。私は家の塀の中から、ずっとそれを見上げていた。疲れると庭に座った。蒸れた夏草の匂いがして蝶々が飛んでいる。南へ向かって高くなるつくりの庭。それが築山《つきやま》という造園技術だと、まだ知らない。小高い山に見立てた盛り上がりを持つ、小さな宇宙。その先に、小さな十字路を隔てた対角線上に鉄塔がそびえていた。陽射しは肌に痛いくらいだ。

ゆるい風が吹くと電線もたわんで揺れた。鉄塔の上の人に助けの手はなかなか及ばず、隠れることもできない死体だけが宙に浮いていた。私はそれをいわば特等席で見ていたようなものだった。けれど、見ても見ても別に面白くなかった。母を呼ぼうかと家に一度入った。私の家は古いつくりで、勝手戸を入ったところには狭い土間のような空間があり、そのひんやりとした暗がりに、太陽がいくつもの、色とりどりの光の球の残像を焼き付けた。目が利かない。誰もいなくてしかたなく、私は一人で再び外に出る。陽光に射られ、一瞬体が崩れそうになる。小さな手をかざす。

梯子車がついに鉄塔へとアームを伸ばし、ゴンドラに乗った救助員がそこにあった男の体を外した。体はただそこにずっとあり、ただの、体だった。命はすでにそこに宿っていなかったから。その人の人格、生活、記憶、いとしい人とのかかわり、そういったものを失って未だその人の外形をはっきりとどめている体は、搬出されるモノのようだった。

高圧鉄塔の作業員の事故。

それは自動車事故ほども人体や器物を破損せず、火事ほどの恐怖も私に与えず、熱風も火の粉ももたらさなかった。ただ、密閉されたように淡々とした風景の中で何かおそろしく非日常的なことが起こり、進み、処理された。

あの夏の日の太陽の下にあったのはむごたらしい光景ではなかった。私の心に衝撃を与えたわけでなく、その後一度たりとも悪夢に見たわけでもない。なのに小さい頃のできごととして、何かの象徴のように思い出す光景はそれだ。それはとても即物的なのに、暗号のように保存されている。その象徴言語を私は読めない。ただ記憶の古層に、決して土に還らないプラスティックにも似て、朽ちない異物であるだけなのだ。

異物はただ心に引っかかり、今も揺れている。ぶら下がって風に揺れたまま。


私の生まれ育った家は二方向を川に挟まれていた。家の上と下に、川が流れていた。上を、電気という火の川が流れていた。下を、コンクリートやアスファルトで蓋をされた水の川が流れていた。

戦前や戦中に「郊外」と呼ばれた中央線の中野、高円寺、阿佐ヶ谷、荻窪といった町。それらの町はおそらく、町の近代インフラが完備する前に人口が流入しすぎたのだろう。すでに過密だった下町の人たちが、こうした郊外を目指し、どこか、生まれ育った町々と似た肌触りのフラットでごちゃっとした住宅地をつくった。かくいう私の祖父母と父も、そのようにして浅草から移り住み、結果的に下町大空襲を逃れた家族のひとつである。

人が住みつくスピードが都市インフラ整備より速かった、そんな町では電気の高圧線は、かの首都高速都心環状線さながらに、出来上がった町の上を縫っていくことになった。そこで少しだけ上を見るなら、あるいは高架の駅など高いところへ行けば、高圧鉄塔がリレーしている様を見ることが今でもできる。高圧鉄塔は、場所によっては開けた窓から さわれそうなほどの近くにある。安全基準ぎりぎりか、それ以下。そういうふうに危険物と共存するということは、人々は生活の中ではその存在を見えなくしているということだ。

そして高圧鉄塔のリレーに沿って、下を、コンクリートの蓋をされた水の川が流れていた。そこは高度経済成長期につくられた暗渠《あんきょ》というもので、遊歩道と呼ばれる歩行者だけの道だった。どこか日陰っぽいその道は南北に、道幅を増しながら南西に、伸びてゆき、数百メートルごとに、私が子供の頃からある滑り台や砂場やブランコといった遊具を点在させている。いくつかの地点では、今でも水音が聞こえる。暗い川の歌う声。いや、ただの空耳かもしれない。

私の故郷の町。そこには二つの川があった。

あらわすぎて見えないことにされている川と、意図的に隠された川。それらはつまるところ、同じ性質のものだったと思う。

私が生まれてこの目で見る前に、水は蓋で隠され、火はかたちを変えられて隠されていた。私の祖母は塀際の八重桜を手折ろうとして川に落ちたことがあるというが、私には生まれてこのかたそんな危険はありえなかった。私の家の中では、火が灯されたり何かが直接燃やされたりすることなどなかった。電灯のスイッチを入れるだけで、家の中は明るくなった。地中に埋まった管から来るガスは、所定の場所でだけ、青い炎で燃えた。

危険がどんどん排除されながら、その陰で、そのために、人が死んでいった時代。私が育ったのは、そんな時代だったかもしれない。

危険はどんどんと、見えないもの、見えにくいものになっていった。小川から暗渠へ。火から電気へ。火力発電から、原子力発電へ。もしかしたら、喧嘩からいじめへ。

暗渠へはふつうは落ちないけれど、落ちたときには、小川よりずっと怖い。人目から隠されるようにつくられたものにもし落ち込んだら、助かる見込みは少ない。人工的に押し込めた川は、物理的にも流れが急で複雑になる。いじめは、喧嘩よりも見えにくいけれど、人の傷つけ方は喧嘩よりずっと深く、致死性も高い。

原子力発電の燃料は、見た目は単に清潔な鉱物、それ自体は火をつけたって燃えもしないものが、しかるべき扱いをすれば水を一瞬で水蒸気にするほどのパワーを出すのだから、その点だけを見れば夢の物質である。匂いもなければ煙も出ない。ただ、自動的に反応を起こすものであるから、想定外の事態が起きたとき、人のコントロールの及ばない部分が多すぎる。

ああ、私は、典型的なものたちに囲まれて育った。

遠くから電気が高圧線リレーで送られてきて、清潔で「文化的」な生活が配られ、コンクリートで固められた中でそれを受け取ってきた。
そこから取り残されることを、まるですべての日本人が恐れたかのようだ。
そしてほどなく日本のすべてが、多かれ少なかれ同じ風景になった。
今ならわかる。私は、今の世界が、創られる最中にいたのだ。

でも、あの電気は、どこから来ていたんだろう？　考えたこともなかった。二〇一一年三月十一日まで。

私は戦後の典型的なものたちが、風景を埋めていくときに育った。
誰かが何かを忘れようとしていた。
誰もが何かを忘れようとしていた。
でも、それが何かを私も問おうとはしなかった。
今思い出してみて驚くのは、本当は隠されてはいなかった、ということだ。
そこに在るのに、見えないようになっていたものがたくさんあった。
在るのに見えなかったのは、なぜ？
それは、何？

亡霊？
あそこに何が、いたんだろう？

目次

第1章　母と沈黙と私

戦争の影

一九六四年生まれの私が物心ついたときは、戦争など終わっていて影もかたちもなかった。まあ、普通にそうだ。と、言ってみたい。

いや。影もかたちもなかった、というのは正しくない。

影やヒントくらい、本当はあった。たとえば、小さな頃に新宿のガード下や上野の山にぽつぽつといた、傷痍軍人たち。腕のない人、脚のない人、包帯をした人、何割か混じっていたと、母が言う偽物。彼らは白装束で物乞いをしていた。いや、カーキの軍服だったか。たまにハーモニカを吹いていたり。なぜかと思うに口だけで演奏できる楽器だからだろう。彼らは身一つしか持たぬにもかかわらずその身さえ欠けた、究極の持たざる者だった。もちろん、他意なく異形のものでもあった。だから私の中でそれは托鉢僧と見せものがいっしょくたになったような記憶になっている。

あるいは親戚の集まりで、潰れるほどに呑んでは泣いて軍歌を歌い出すおじさん。酔うと説教混じりで屯田兵の話を決まってする人。叔父の海軍兵学校の集まり。生徒として終戦を迎えた叔父たちに戦闘経験はなく、同期の欠けもなく、彼らは人一倍明るい人たちだったが、後年とりわけ愉快だった人が命を絶った。

ただ、私の中でそういうものたちが歴史とつながらなかった。私は東京の、戦前の郊外と言われた町で育った。育った家は、同級生たちの家からすると前時代的なつくりで、玄関を入ると脇がすぐ応接間だった。文化住宅によくあったつくりだ。そこに、よくわからない話をする親戚や知り合いたちはよく来たのだが、彼らは私たち子供とは隔離されていた。古いつくりが逆に、古いことと新しい世代を切り離すのに役立っていた。親たちも社会も学校も、「子供はそういうことを考えず」勉強していればいいという態度を暗に明にとっていた。

私にとっては、もともと薄く断片的なことが忘れられても、最初からないような気しかしない。

けれど、一度存在したものは、自動的にただ消えたりしない。

彼らは一体どこへ消えたのだろう？　どこへと、消されたのだろう？　そして彼らが体現した不条理は？

消された何か。それが巨大な負の質量として戻ってくるのは、他ならぬ自分の身の上に「つながらなさ」を抱えてしまい、そこからまたずいぶん経ってからのことだ。

遠いアメリカ

十六歳のとき、自分の歴史がつながらなくなった。

あまりの異物を、たったひとりで、突然見たからだと思う。処理しきれなかった、おそらくは。

その異物の名を、アメリカと言う。

幼少期からの世界は、切れた。

その後の世界は、前と同じではなくなった。

世界はおそらくは、主観的だけでなく客観的にも、変わってしまった。

そして消化も排出もできないまま、アメリカは私の中で異物であり続けた。

かなり後になって、三十近くにもなって、友達になったアメリカ人男性に、こう言われたことがある。

「へえ！　君の親もよくやったね。アメリカは、日本人の女の子を一人でやるには最も向かない国じゃないかな。度を越した《エクストラバガント》ところがあるもの。日本と違いすぎる。日本の女の子を一人でやるなら、イギリスがいいと思うねぇ」

私は、「そのこと」を、アメリカ人が知っていることに驚いた。当のアメリカ人が当然のように言うそのことを、周りの日本人は全く言わなかったことに、あらためてショックを受けた。アメリカが心理的に我々と「最も近しい」外国で、そこがフレンドリーないい国と信じられているからこそ、中学を出た私の進学先に、アメリカという突飛なプランは突然、降って湧くことができたのだから。それはある時代以降の日本人の心の、ひとつの自然のようなものだった。

しかし、アメリカこそは、そのほんの三十数年前まで、我々の最大の敵であり、私たちの国土と民間人の上に戦略爆撃や原子爆弾を降らせた国でもあるのだ。自国の人々がアメリカを受け取る、そのギャップは、私を戸惑わせ続けた。

立ち止まる選択肢はなかった

私がなぜアメリカに行ったのか、理由はひとつではない。ひとつにはそれは、日本側の問題である。

ただでさえ暗い森にたとえられるような、自我と性のめざめにまどう思春期に、それをひたすら抑えることを求められ、最も過酷な受験があり、それだけならまだしも、日本では「みんな一斉」に行われる進学や就職のタイミングから一度ずれてしまうことは、おそろしいことだ。それはシステム的な落ちこぼれとなることを意味し、回復がむずかしい。

このことは、今でも変わらない。「就活」がうまくいかないと若者がひどく追い詰められた気分になるのは、そのためだ。一度引きこもった人が、出られなくなりやすくて長期化するのも、そのためだ。

日本は、一度のつまずきで再起しにくいシステムの社会なのである。あるいは、セーフティネットをつくりながら発展する余裕がなかったのかもしれない。当時世界第二位になりつつあった経済大国なんて、そんなもんだ。

それなりに平和で楽しかった中学二年生から中学三年生に上がったとき、周囲が一斉に一方向を向くのを私は感じた。と同時に周囲が殺気立ち始めた。

それを思い出すとき私は、経験してもいない軍国主義というものを、思い浮かべることができる。軍靴の音というのを、感じ取ることができる。平和のスローガンの下で、リアルな体感は軍国主義のほうだった。そう、ラインの入り方まで寸分たがわぬ上履きで、行進するのだ。

大多数がそれとなんとか折り合えても、たまに、そうできない者がいる。努力とは別の次元で、どうしても生理的にできないという者がいる。といって、表立って反抗するでもない子。私は、そんな子だった。

立ち止まる選択肢は、しかし誰にも、大人にだって、用意されていなかった。

異文化と思春期

アメリカは日本と違いすぎる。

同年代の少年はライフル銃を持って野生動物を撃ちに行き（原理的に考えれば教室で乱射だってできる）、ラウンジでは生徒同士のネッキングが日常的な光景で、ハイスクール主催の学年末のパーティ《プロム》には必ず男女のカップルにならなければ参加できない。誘われないのも誘った相手に拒絶されるのも、自分の性嗜好をそこで疑うのも、どれもおそろしい。アメリカのティーンを描いた作品にはよく、プロムがホラー体験として出てくる。ずばり『プロムナイト』なんてホラーもある。

どこか性じみていて、それでいて禁欲的な社会。皆がゆくゆくは、郊外のファミリーになるべきだという、性と倫理の誘導を感じる社会。

それは、自由と言えば自由な雰囲気なのだけれど、勉強することと性的存在であることとの両方を、社会に求められるのはつらいものだ。それこそが社会から承認される道であることを肌身で知ることは。異国の人間には、特に。自分の身の安全が確認できないところで、性的であることは、危険でありうるからである。

ハイスクールという年代区分は、異文化の岩盤のような部分である。もはや性的に未文化ではなく、といって専門領域を持って個別にもなれない。文化の岩盤部分を生きるしかない存在。

私はアメリカ以外の外国に住んだことはないが、ティーンエイジャーというのは、異文化の岩盤に入れられるには、最も適さない時期ではないかと、自分の体験から思う。

私は結局アメリカでも、うまくやることができなかった。日本に帰ってきて、復帰がむずかしいとされる日本の進学体系の中に、なぜかまた入れたのだが、一年遅れた。若年で遅れるというのは、とてもいやなものである。

後から思えば計画自体に問題がある。異文化と思春期の困難を軽く考えすぎてもいる。ただ、そのときは純粋に自分が悪いと考えた。自己責任で、自分のせいで失敗したと。

十六歳にして大きすぎる失敗をしたと感じた私は、この失敗をなかったことにしようと考えた。

そこから、切れた。

後になって思えば、それは、ひとつの体験であって、それ以上でも以下でもない。失敗であったら失敗と認め、そこから学んで先に活かせばよい。それをなかったことにしようとしたほうが、つらかった。ただ、そう考えられる心的余裕も、時間的余裕も、私にはなく、問題の出発点から遠くなればなるほど、問題の表現はむずかしくなり、傍から見れば突飛な時期に、傍から見れば問題ない経歴で、私は壊れた。

小説でしか書けなかった

　気がつくと三十を過ぎていた私は、あるとき、全くの個人的体験だと思ってきたそのことが、どこか、日本の歴史そのものと重なるように思われた。私の中に表現の種は受胎したのだが、それを育てることはなかなかできなかった。二〇〇〇年代までかけて、なんとか、私個人と集合の、相似形の屈折のようなものを表現しようとしたけれど、できなかった。

　それがひとつできたのは、二〇一二年に書いた『東京プリズン』という小説だった。私は、小説でこの主題を書くとは思っていなかった。が、書いてみれば、それは小説でしか書きようのないことだった。

　評論や研究では、感情と論理をいっしょくたにすることはタブーである。しかし、日本人による日本の近現代史研究がどこか痒いところに手の届かないのは、それを語るとき多くの人が反射的に感情的になってしまうことこそが、評論や研究をむずかしくしているからだ。だとしたら、感情を、論理といっしょに動くものとして扱わなければ、この件の真実に近づくことはできなかった。そしてそうできるメディアは、小説だった。

　日本の近現代の問題は、どこからどうアプローチしても、ほどなく、突き当たってしまうところがある。それが天皇。そして天皇が近代にどうつくられたかという問題。だが、天皇こそは、日本人が最も感情的になる主題なのである。もっと言えば、人々は、天皇の性に関して、天皇が「男である」ということに関して、最も感情的になる。さらに「国体＝国のなりたち」が、男性的であるか否かをめぐって。日本の今の外交問題が危ういのは、その素朴さで意地の張り合いが行われているからである。人が根拠なく感情的になることこそは、強固なのである。

私には、戦後の天皇は素朴な疑問であり続けた。

なぜ、彼は罪を問われなかったのだろうと。

なぜそれを問うてもいけないような空気があるのかと。

最高責任者の罪を考えてもいけないというのは、どこかに心理的しわ寄せか空白をつくってしまう。

正直に言うと私は、素朴に、天皇には戦争責任があると考える方だった。たとえ雇われ社長でもそのときの問題の責任を問われる。だったら天皇の戦争責任が、考えられもせず、誰もが不問に付したというのは異常だった。ただしこれは、「王様は裸だ」と言うようなことだった。正攻法では立ち向かえず、なんらかの仕組みが要った。

そこで、私はいかにもアメリカ的な方法論を小説に導入してみた。ディベートという、言論競技である。ある論題に対し、肯定か否定の立場のどちらかに強制的に立って、自分の立場の正しさを「立証」する。小説内ロールプレイとも言える。

それをハイスクールの授業の一環ということにして、アメリカ北東部の、白人の多い保守的な小さな町で、ディベートのルールなど全く知らない、たった一人の日本人留学生十六歳を中心に行わせた。彼女とその周囲のアメリカ人が、同盟か敵対の関係を組みながら、相手陣営に対する自陣営の正しさを「立証」する。

論題は、「昭和天皇は戦争犯罪人である」

断定しているのではなく、肯定形で出すのが論題なのだ。これに対して、肯定の立場と否定の立場で、論理ゲームをする。それは言論をもってするスポーツに近い、ゲームである。が、実際の法廷も、これと限りなく近い。弁護人が途中で考えを変えて検察に回ったりすることはできない。スポーツでゲーム中に所属チームを代わったりできないように。

否定派が心情に反する肯定に立たされたりしたとき、見えてくるものがあると思ったのである。こうすることで感情から自由になれまいかと思ったのである。これを、ふたたび行われる東京裁判に見立て、私は書いた。

果たして、そこで浮かび上がってきたのは、自分自身にさえ思いがけなかった、自分の感情だった。

謎解きの糸口

「ママはね、東京裁判の通訳をしたことがあるの」

二〇〇二年に九十九歳で死んだ祖母が、私の母親についてこんなことを言ったのは、たしか一九九七年だった。十一月くらいの小春日和だったか、それとも本当に春の風の凪いだ日だったか。とにかく明るくて穏やかな日だった。

祖母にとって私の母とは、もちろん、娘だ。が、日本の家庭によくある、家族のいちばん小さき者の目線から見た呼称を、祖母もまた使った。人は老いると弱く小さくなる。だから娘をママと呼ぶのは、その頃にはなんとなく理にかなっているようにも思えることがあった。ときどき「ママ」と呼ぶ祖母の声がすがるように響いたり、母が苛立って見えたりするとき、その関係は、母と祖母の間にあった「何か」を、逆転したり、かたちを変えて再現したりしているようにも、思えた。

そこには、どこにでもある親子の葛藤と、彼女たちにしかわからない個別の事情や断絶が、あったのだと思う。明治と昭和の間にある、生活や価値観の断絶は、私の想像など及ばないことだろう。当人同士にだって、話し合うのがむずかしかったかもしれない。

しかし。

祖母のその話が突拍子がなさすぎた。年齢的にも母ではその任は若すぎるはずだった。とっさに計算する。十代という答えしか出てこなかった。

「え？」

うろたえる私に対して、

「味方を裁くことだから、つらかったみたいよ」

と、なんともおっとり、祖母は言った。そして笑みを浮かべた。早起きして練習するのはつらかったみたいよ、とでも言うように。


これは、謎の始まりではない。

私が長い間抱えてきた謎の感じの、ひとつの解だと、聞いたそのときどこかでわかっていた。そして、これによってわかることより、わからないということそのものを、より多く私は知るだろうと。

母の記憶

母は私の問いを最初は取り合わず、私が食い下がると、誇張があるのだと言った。

「おばあちゃまの記憶の中で誇張が起きているの」

母もまた、ごくふつうに、私の目から見た関係性で、自分の母を、おばあちゃまと言う。

そこから出てきた話とは、こんな感じだ。

「女子大の英文科にいたとき、何かの関係で、津田塾を出た人と知り合って、その人の家に行ったら、こういうのを訳してみない？　と」

と……と、母は語尾を濁した。

「つまりは翻訳だ？」

「ええ」

「裁判資料を？」

「たぶん」

「その人の家はどこ？」

「巣鴨プリズンの近く」

巣鴨プリズンは、今の池袋サンシャインである。

「東中野から新宿に出て池袋？」

「下落合からよ。すぐ高田馬場に出られるもの」

母が結婚するまで住んでいた家族の家は、新宿区下落合にあって、当時の家に近い順に北から、西武新宿線下落合駅、東西線落合駅、JR（国鉄）東中野駅と、南北に直列するように駅が三つある。東西線は、母の独身時には通っていなかった。

「どうしてその人の家へ行ったの？」

「わからない。面白そうならばどこでも行ったのよ」

その気持ちはよくわかる。母も一人の健康な若い人間だったのだ。

「その巣鴨プリズンの近くの家はどんなだった？」

「焼け残ったのか、バラックだったのか……」

「そこで東京裁判の資料を見たの？」

「そこでだったか、マッジ・ホールというところだったか……」

「マッジ・ホール？」

「千駄ケ谷の駅前にマッジ・ホールというGHQ関連の建物があって」

「どんな？」

「古い洋館……。そこに出入りしていた人の関係だったかもしれない」

「でもなぜ、そんな機密書類に属するものが、一介の女子大生に降りてくるの？」

「当時は英語を勉強していた人が少なかったからだろうし、そんなに大事なものだったかはわからない」

「どんな内容だったか覚えてる?」

「覚えていない。ぜんぜん」

GHQの側からのものであれば、検察資料だろうと推測できる。「味方を裁くこと」という祖母の認識と合致する。GHQ側のものであるなら、日本人戦犯の調書やそれに類するものであった蓋然性が高い。

母は、問われもしないのにこう言い捨てた。それは、これ以上語ることは何もない、というサインだった。

「下っ端よ、下っ端。BC戦犯」

ふたつの思考停止

「A級戦犯が大物であり、いちばん悪い」という誤解は、アメリカが自国のプレスにした説明が簡略化されすぎていたから、という説がある。A級戦犯は国家指導者であり、B級戦犯は現場の、というように。ちなみにC級=人道に対する罪は、ナチス版東京裁判ともいうべきニュルンベルク裁判での(というか東京裁判が東京版ニュルンベルク裁判なのだが)「ホロコースト」に相当するもので、日本での該当者はほとんどいなかった。

B級は、通常の戦争犯罪、たとえば捕虜の虐待や民間人の殺戮で、当時の国際法で禁じられていた行為への違反である。従来、軍事法廷（東京裁判も軍事法廷である）で裁かれる戦争犯罪と言えば、これだけだった。

通常の戦争犯罪以外に「平和に対する罪＝A級」や「人道に対する罪＝C級」があるというのは、第二次世界大戦後の概念であり、戦争史上の一大発明ではないかと思う。

「ねえママ、民間人の虐殺ということなら、広島や長崎への原爆や、東京大空襲のほうが、全くの非道だとは、思わない？」

仮に八月六日以前にポツダム宣言を受諾しても、原爆は投下されたとする考えがある。米議会の承認を得ずに莫大な予算を投じた原子爆弾は、使わなければ終戦後に議会の追及を受けるから、というものだ。その真偽はともかくとして原子爆弾の使用は民間人の無差別殺戮であり、通常の（従来からの）戦争犯罪を記した国際法に抵触する。B級戦犯、いやもしかしたらナチスのホロコーストにたとえられるC級戦争犯罪、「人道に対する罪」と言ってもいいかもしれない。東京大空襲もしかりである。市街地の、まず避難路をなくすように爆撃してから中心地を爆撃して「蒸し焼き」にする。

「うん……でも、『お前ら真珠湾やったじゃないか』と言われたら、仕方ないわ」

と母は言う。

「なぜ仕方ないの？　宣戦布告しない戦争の例はたくさんあるし、それに対していちいち怒り狂った国ってのは少ないよ。真珠湾は軍事施設への正確なピンポイント爆撃なのだし、絶対悪とみなすいわれはどこにもない」

私は返す。

「なぜって……」

母は口ごもる。ここでも、時間と思考が止まっている。

私は質問を変えてみる。

「じゃあ天皇に戦争責任はあると思う？」

「天皇陛下を裁いたら日本がめちゃくちゃになったわ！」

どうして、ここだけ即答なのだろう？　しかも論点がずれてる。

「なぜ？」

私は問う。

「なぜってそうなのよ」

母がきっぱりするのは、このふたつの時だ。ひとつは真珠湾攻撃がとにかく問答無用で悪いと言う時、もうひとつは、天皇ないし天皇制は守るべきに決まっていたと言う時。

自分の母親はどちらかと言えばリベラルなのだと思っている私は、これを聞くと何かひどくびっくりしてしまう。

私たちは忘れすぎた

『東京プリズン』を書く途上でわかったのは、しかしこの論点のずらし方こそが、東京裁判で勝者によって意図的に行われたことだということだった。それは私にとって、びっくり以上のものがあった。

一体それはどういう法廷だったのか、そもそも「法廷」だったのか、という気持ちだ。天皇が当時、国家と戦争の最高指導者であったことは誰にも疑えない。右翼であっても、いや右翼であればなお、疑えない。だとしたら、誰でも心情はともあれ論理面では、最高指導者に責任があるということはわかるはずだ。その責任が問われなかったら、他のすべても免責されることになる。

天皇を訴追しないことは実は、最初からGHQが決めていたことだった。そんなことは、言われるまでもなく知っていたよという読者も多いだろうが、私はこの日本で普通の教育を受けて大学まで行って、それを最近まで知らなかったから、日本人の中の下くらいのごく普通の知的レベルの人間として、そのことを隠さずにいたいし、とにかく、驚いたのだ。しかも日本側は当初そのことを知らない。

天皇を訴追しないことになったその理由は、私の母に言わせれば「マッカーサーが昭和天皇の人柄に心を打たれたから」なのであるが、そしてこれもかなり流布した言説なのだが、残念ながらちょっといい小咄の域を出ないだろうと思う。

そう、天皇制を温存したほうがアメリカにメリットがあったのである。

ちなみに、アメリカ人の正義の旗印とされた「真珠湾だまし討ちしたんだから日本が悪い」、『リメンバー・パールハーバー』だけれど、当のGHQが主宰した極東国際軍事裁判(東京裁判)で、「だまし討ちではない」という判決が出ている。「だまし討ち」の論拠は、「宣戦布告から攻撃まで時間をおかなければならない」というハーグ条約の取り決めの中にある。だけれど、その条約に「どのくらい時間をおく」という記載がなく、「条約自体に構造欠陥がある」とみなされたため。

日本人は、覚えておかなければならないことも忘れすぎた。というより不問に付しすぎた。

北京オリンピックの夏

マスメディア、特にテレビが八月に季語兼良心の証のように言う「戦争」と「終戦」関連の話題がめっきり少なくなった分水嶺は、私見では北京オリンピックのあった二〇〇八年の夏だ。

それどころではなくなったというところなのだろう。

世界第二位の経済大国という戦後唯一とも言えるアイデンティティが、揺るがされ始めた、その象徴を、あの夏に日本人は見たのである。

だがしかし、不思議な話だ。中国に、今さら抜かれたわけじゃない。

古代からの大国、中国。中国文化こそを優れたものと昔の日本人は考えていた。

そして現在私たちが脅威に、あるいは恐怖視さえしている「理解不能の友人」中国共産党、それこそが、日本の戦後復興の「恩人」であった可能性が高い。なぜなら、中国が今の共産党でなく自由主義の中国国民党の政権であったなら、アメリカは戦後、中国と直接交渉をし、小島のような日本のことなど、さしたる興味も持たなかったはずである。もともと、中国の利権をめぐっての交渉が決裂したのが日米開戦である。だとしたらメインの関心事は中国であって、それがなかったとしたら、アメリカは日本の一国占領にこだわらなかっただろうし（たぶん）、日本はアメリカとソ連の分割統治になったのが自然な成り行きではないだろうか。朝鮮半島のように。ドイツのように。そうしたら日本の今の姿はなかったはずだ。

ソ連があり中国共産党があったために、日本はアジアの要石となった。中国以外のアジアの国々で、冷戦の打撃を受けなかったのはほとんど日本だけで、それは、冷戦の一翼のほうに守られていたからだ。

　北京オリンピックの二〇〇八年。世界的に見れば、それが戦争の疲弊とその後の冷戦構造に巻き込まれ翻弄され続けた国々が、ほんとうの意味で復興してくるタイミングだったかもしれない。世界的には、そのころやっと、「戦後は終わってきた」のかもしれない。

　地球的規模のひとつの総力戦とその余波、半永久に続くかと思われる喪失や悲しみや憎しみやその連鎖、そういったものから人々が本当の意味で立ち上がって前を向けるためには、本来そのくらいの時間がかかるのかもしれない。

　そしてそのころ日本は、「戦後」の終わりを終えつつあり、下降へ向かい始めた。それはアメリカも同じことだけれど、両者とも、本質的な手は打たなかった感じがする。アメリカは対テロ戦争に我を失っている間に、リーマン・ショックを浴びた。こう書いていると、北京オリンピックとリーマン・ショックが同じ年の一ヵ月ちがいであったことに、あらためて驚く。

昭和天皇という存在

　二〇一一年は、三月の時点ですでに、「戦後」の終わりがフラッシュバックしていて、「戦後」の終わりの終わりを感じさせていた。そう思えなくもない。むろん後から見ればの話だが。

東日本大震災の後の購買・花見などの「自粛の呼びかけ」は、私に、元号の変わり目、つまり昭和天皇の危篤から崩御とその後の「自粛」を思い出させた。

一九八九年は、ベルリンの壁崩壊（壁破壊と言った方が正しいんじゃないかと思うが）が成った年であり、いわば日本を庇護してきたあの冷戦の、ひとつの大きな象徴が消滅した年だった。同じ年に中国ではこの逆のような天安門事件が起き、日本のエンペラーが崩御した。エンペラーとは対外的な呼称だけれど、考えると変だ。彼は皇帝《エンペラー》ではないのだから。

ベルリンの壁崩壊とは、「こうもありえた日本の戦後」が終わろうとする姿だったかもしれない。分割統治は、本当にありえたのだから。が、日本人はそんなふうには考えなかった。ベルリンの壁など遠いことだった。日本はバブル景気のピークだった。

本当は、バブル景気の陰で、戦後はしめやかに終わり始めていたのかもしれない。「奇跡の復興劇」はもう、終わりかけていたのかもしれない。

奇跡の復興劇を支えたのは、そのいちばんの底の部分は、もしかしたらあの人の、生きて在ることだったのではないか。

ふとそんなことを口走りたくなるほど、昭和天皇というのは、よじれがそのまま一個の肉体となったような存在であった。

論理的には罪を問われるべき人が罪を問われない場合、その人はよじれそのもののような存在となる。そこに人々は、自分の罪が支えられて押しとどめられているのを、無言のうちに見ていたのではないか。

私の母は、軍国主義を信じていた子供の自分を嫌悪している、という意味のことをぽつりと言ったことがある。それと「天皇陛下を裁いたら日本がめちゃくちゃになった」と言う彼女は、同じ人であり、どこかが解離している。巨大な空白のようなものがある。

戦争を知る多くの人にその空白があったろう。傷とはまた別の、空白、断絶。

彼らの空白を、昭和天皇は引き受けていたのではないかと思うことがある。

あるいは、彼らが、天皇に仮託したのだ。

沈黙の理由

母は、東京裁判の文書を見たという話のとき、こう言い放った。

「BC級だから下っ端よ」

そのときは聞き流していた言葉に、別の側面があるかもしれないと思えたのは最近のことだ。

ＢＣ級の文書をもし仮に見たのであれば、それはむしろ、そちらのほうがつらいことだったかもしれない。なぜならＢＣ級戦犯の文書とは、ごくふつうの日本人の行った非道な行為であり、そちらの方が残虐だった。上の命令だったという人、「空気」に逆らえなかったという人、出世したかっただけの人、いじめられたくなかっただけの人、恐怖や不安に駆られた人……今の私たちともどこも変わらないようなふつうの人たち、どちらかと言えば小心で人を害するなど考えもつかなかったような人たちが、極限と閉塞のなかでどうなっていったかということがそこには克明に書かれている。その人たちに起こったのなら、今でもいつでも誰にでも、一定の条件で起こりうることとして。

これは、今母に確かめたところで、記憶も答えもないことだが。

そういう膨大な罪の記憶、恥の記憶、それと同時に被害の記憶、被害を被害と言えないつらさ、生き残った者の罪悪感、などなど、そういうよじれがあるとしたら、地を埋め尽くして足りないほどであるに違いない。

人々は、被害者でもあり加害者でもある自らの姿を、ひとつの象徴として、昭和天皇に見たのではないだろうか。

ならば、だからこそ、心の中でも、天皇を裁けなかったのではなかろうか。

自分も、免罪されるほどに罪のない存在だとは思えないから。

だから、黙った。

誰にも内面を覗かれないようにした。

そのとき、かの人の生身の肉体は、生き残った者たちの免罪符そのものとなり、同時に、無数とも言える生き恥を、代わってさらしてくれるものだったのではないだろうか？

私の両親は仲がよかったのに、お互いにそれぞれのことにかまけすぎた。接点のない日常に身を浸しすぎていた。それは、同じ秘密を持つ同士が、それを覗き込まずにいられるためのすべだったのではないかと思うことがある。高度経済成長期にかけて確立された「専業システム」、つまり専業主婦に専業収入獲得者に専業子供、という日本の家族のあり方には、まずは戦争由来の秘密があったように思えてならない。誰もが、秘密を見られないようにするためには、人の秘密を見ていないし見る暇もないという行動様式を取る必要があったのではないか。

歴史なしに生きていけるのか

こう書いてみて、母娘の会話とその断線の中に、戦争と戦後のキーワードと、国内における通俗的パブリック・イメージのほとんどが知らず知らずに出てきていたのに驚いている。

「戦争」とか「あの戦争」と言ってみるとき、一般的な日本人の内面に描き出される最大公約数を出してみるとする。

それは真珠湾に始まり、広島・長崎で終わり、東京裁判があって、そのあとは考えない。天皇の名のもとの戦争であり大惨禍であったが、天皇は悪くない！　終わり。真珠湾が原爆になって返ってきて、文句は言えない。いささか極論だが、そう言うこともできる。でもいずれにしても天皇は悪くない！　終わり。

その前の中国との十五年戦争のことも語られなければ、そのあとは、いきなり民主主義に接続されて、人はそれさえ覚えていればいいのだということになった。平和と民主主義はセットであり、とりわけ平和は疑ってはいけないもので、そのためには戦争のことを考えてはいけない。誰が言い出すともなく、皆がそうした。それでこの国では、特別に関心を持って勉強しない限りは、近現代史はわからないようになっていた。私は大学を出たけれど、それだけでは近現代史は何も知らない。それは教育の自殺行為でもあったのだけれど。

しかし、ひとつの国や民族が、これほどに歴史なしに生きていけるのだろうか？

私の国の戦後は、人間心理の無意識な実験のようである。

どれだけ歴史を忘れてやっていけるか。

その実験が、六十年以上経って、失敗とわかりはじめた。人間にはそんなことはできない。そうわかりはじめたけれども、その頃には「実験」の「仮定」に依存しすぎた仕組みをつくっていたし、忘れる努力をしたせいで、何が起きたか本当に知らない世代も大量に生まれ、わけがわからないままに神経症や鬱になった。

「実験」の中で成長した世代の痛みが、それを始めた世代にわかるだろうか？

副作用のほうが、主作用よりましなのだろうか？

彼らが痛みを語らなかったように、私たちの痛みと彼らをつなぐ言語も、これまでなかった。

母が私にした話の中に、ひとつ、面白い場所がある。千駄ケ谷のマッジ・ホールというところだ。これは、政権の座を明け渡した徳川家が明治に住んだ屋敷をＧＨＱが接収したもので、あの大河ドラマで大人気になった天璋院篤姫が晩年を過ごした場所でもある。つまりは、私たちは、何代か遡ればすぐ江戸時代に到達してしまうのに、江戸時代をまったく断絶した共感不能なものとして感じている。マッジ・ホールがすでに、江戸と明治の断絶の象徴のようにそこにあったのだが、そこに通った昭和の人間は、すでにそれに思いを馳せることはできなかった。

私たちの現在は、明治維新と第二次世界大戦後と、少なくとも二度、大きな断絶を経験していて、それ以前と以後をつなぐことがむずかしい。

私たちの立っている場所がそういうところであるということだけは、せめて、覚えて語り継ぐべきなのではないだろうか。

「語り継ぐ」とは、戦争体験の枕詞のように言われる言葉だ。

けれど、「語り継ぐ」べき最初の認識は、まずなんなのか？

「自分たちが、自分たち自身と切れている」ということではないのか。

心の防御メカニズム

「ねえママ、言っておきたいんだけど」

と、二〇一一年の八月十五日、昼の日盛りに妙な衝動にかられて炎天下で母に電話する。

「『真珠湾はだまし討ちではない』という判決が、東京裁判で下りているのよ」

「そうなの……？」

受話器の向こうで母は言う。その言葉に抑揚も個人的な感情表現もない。

しかし、私は卒然とさとる。

なぜ、気づいてやれなかったのだろう？　あまりにつらいことだと、人はそれを他人事から。痛すぎて生きていけないから。自分のことと思ったら痛すぎるから。痛すぎて生きていけないから。

自分もいちばんつらいことは、そうしたじゃないか。

自分のことを他人事のように語ろうとすること、感じようとすること。それこそ、精神医学的に「解離」と呼ばれる心の防御メカニズムなのだ。

自分のなかに横たわる、自分との断絶、解離。

それは親たちのものでもあった。

親たちのそれを、気づいてやれなかった罪は私にもある。

夏の光は明るく残酷だ。

それにさらされて、電話で気取られないように、私は泣く。

「でも」

母は言う。

「やっぱり真珠湾のことを言われたら、何も言えないわ」

「だから……」

言い募っても無駄だと私はわかっている。

喉から漏れ出そうな声を殺す。ただ蟬たちだけが、耳を聾《ろう》するほどに。

八月十五日。

第2章　日本語はどこまで私たちのものか

憲法の「憲」の意味は？

この本を書いていて、途中、何度も叩きのめされる思いがして、筆が止まった。いっそ、書くことなどすべてやめてしまいたいほどの絶望を感じたこともある。すべて無駄に思えて。自分が立っている場所そのものが、本当はなかったことに突然気づくようで。

私たちは、あまりにわかっていない。

他ならぬ、私たち自身を。

もちろん、私個人の無知の話である。しかし、と同時に、多数の日本人の話でもあると今はわかる。

たとえば。後出するが、「憲法」。

「憲法」ということば自体は、物心ついてからずっとそこにあった。あるもんだと思っていた。

憲法を「あるもんだと思っていた」認識も、実はかなりヤバイ。

しかし、四十も半ばを過ぎてはたと考えてみたら、「憲法」の意味を知っているとは言えなかった。

国語辞書で引いて出てくる意味ではない。「憲法」の「憲」の字の意味を、私は知らなかったのである。言葉の成り立ち自体を、知らないのだ。「官憲」の「憲」と言ったって同じことだ、憲のイメージしか出てこない、意味を言えない。そこで訊いてみた。周りの人々に。

「憲法の憲って、どういう意味か知ってる？」

説明してくれた人は、まずは０％だった。母親、身近な編集者、友人の新聞記者、年配の知識階級、一般水準より言葉を知っていそうな人たちに訊いたのである。その数約二十人。

漢字学者なら知っているのだろう。しかし、そこまでの専門家しか知らないことは、その社会に浸透しているとは言えない。私たちは、自分たちの使っている言葉についてうまく言えないのだ。

そして、かなり確信を持って言えるのは、ほとんどの「憲法学者」は、「憲法の憲ってどういう意味？」というこの問いには答えられないだろう、ということである。

「憲法」の意味が、私たちにはわかっていないのだ。

だったら、それは、何を論じていることになるのだろう？

それは自分たちのものなのか。

それを論じる言語さえ自分たちのものなのか。

憲法学者の研究成果を過小評価したり貶《おとし》めたりするつもりはない。

しかし、自明に見えすぎるか根本的すぎるかで不問に付されてきたことを、これ以上見過ごすのは嫌だと私は思った。

日本語という言語をはたして私たちはわかっているのか？

わかっていないとしたら、それで議論することは、一体なんなのだろうか？

なぜ、誰が、戦争を放棄したのか

日本の近代とは、「アメリカの軍艦に始まってアメリカの軍艦に終わった」時代のことである。

――そう言ったのは、アメリカの歴史家ジョン・ダワーで、奇跡的な幸福感のあったアメリカによる日本占領期を描いてピューリッツァー賞を受けた『敗北を抱きしめて』の中でのことである。

一文で、本質から情景までをダイレクトに伝えてくる、名文だと思う。ダワーは元々は日本文学研究に近い研究者だったと聞いたことがあるけれど、文学研究者の面目躍如といったところだ。

『敗北を抱きしめて』には他にも名言が多く、私が衝撃を受けたのは「天皇の降伏」。これは文ですらなく、記述の中にごくさらりと、ごく自明のことのように出てくるのだけれど、言われてみればそこまで自明のことを、ずばりと言った研究に、私は出会ったことがなかった。たしかに天皇の一声で、本土決戦を主張し続けた軍部の強硬派も津々浦々の庶民も、戦意を喪失した。それを「天皇の降伏」と、私の母国の人々が表現してこなかったのは、不思議なことだった。

黒船に大砲を向けられて（まあ誰がなんと言ったって砲艦外交じゃないか）、私たちは開国した。開国とは要は、不平等条約を結ばされて相手のルールでできた戦いの場に否応なく放り込まれることだった。このことは「グローバリズム」とか「グローバル資本主義」とか言葉を変えて今でも本質的に同じことが続いている。

日本国は、開国させられた屈辱とショックと危機感から戦争の世紀に打って出て、奇跡の快進撃を遂げた末、深入りしすぎて大負けし、国を焦土として、無条件降伏するまでになった。その間、変わらなかったのは、ひとつは天皇の実在、もうひとつは、日本が一貫して他者のルールの中で戦わざるをえなかった、ということ。

以降、日本は戦争は永久になしだと宣言した。私たちは戦争を放棄したのだ。と、私たちの歴史教科書は語っている。私もそう習った。

でも「なぜ」「誰が」そういう結論に達したのかを、私たちの歴史は語らない。少なくとも、表立っては語らなかったし、今に至っても語ろうとしない。

あたかも「国民が」そのように決意したかのように語られ、信じられさえするが、そうだろうか？　たしかに、あまりの消耗の果てに、もう戦争など懲り懲りだと日本人が思ったとしても、だからといってそれと、外交の手段として戦争というカードを想起するのさえいけないと決めることとの間には、かなりの開きがある。

それに、日本国民は「戦争」というものそのものを、人類にとって忌むべき絶対悪だと思ったわけではない。その証拠に、同じ教科書にはこういう大意の記述があった。

「朝鮮戦争の特需景気をきっかけに日本は復興に向かい……」

これが暗に意味することはこうだ。

他人の戦争で、それが私の利益になるなら、歓迎である。

じっさい、そのころラジオ番組で現在の大企業の創始者クラスの人が座談会で「さいわい朝鮮戦争が始まり」と発言したのを聞いた年長の知人がいる。当時、おそらくはやり直しがきかないラジオのトークだからこそ、つい出た本音が流れるのを止められなかった、と見るべきだろう。そして、聴取者にも、これを失言ととらえて糾弾する人はほとんどいなかったのだろう。それどころか、どこか共有された感覚であったにちがいない。

日本人は、戦争を「絶対悪」だなんて、本当は信じてはいなかったし、今も状況次第でそうは思わない、おそらく。状況次第で変わることを、絶対とは言わない。

「自発的な」他者

では誰が、「戦争は永久にこれを放棄する」と言ったのか。

アメリカとＧＨＱ、と答えてしまうのは簡単なのだが、その前に少し回り道をしてみたい。

憲法といえば第九条、と言うほどに、現行の憲法を別名「平和憲法」とも言うほどに、第九条は日本国憲法の代名詞的存在である。

が、憲法をよくよく見ると、奇妙なことに気づく。

憲法の一条は天皇のことである。以下八条までが、天皇のこと、九条がいわゆる「平和憲法」、戦後民主主義の象徴とも言われるこの憲法なのだが、天皇、軍事、そしてその次に国民がくる構造になっている。つまり、八条までは大日本帝国憲法（明治憲法）であり、そのうえに、現代を接ぎ木したような構造になっているのである。

ＧＨＱが憲法の草稿を書いたのは間違いない。そうではなく「日米の合作である」と言う人もいるけれど、日本側にできたのは、細かい語句をいじることくらいであったろうと思う。

しかし、他者が他国のためにまるまる草稿を起こした、だからこそのラディカルさが、平和を希求する態度にしろ、明快なまでのラディカルさが、この憲法と第九条の魅力になっていることはほとんど疑いない。これを日本人がつくっていたらここまで明快に魅力ある文面にはなっていなかっただろうと思う。日本人が日本語でつくったら、製作者が身近な力関係に配慮しすぎてどんどん曖昧な表現にしていくとか、解釈の幅がすごく広い漢字を使うとか、そんなことになっていたにちがいない。

日本語に厳密で明快なことが言えない、とは言わない。

が、日本語が厳密さを回避するように運用されてきたのは日本人の好みとしか言いようがなく、そして日本語がそれを許しやすい言語であるのも、たしかなことであると思う。

英語圏やラテン語圏なら、そのルーツであるラテン語を小学校高学年か中学校くらいの年に習うことが多い。日本の「国語」教育も、「漢文」を自分たちに関係したものとして習い、そこから「古文」と呼ばれる漢字とかなまじりの日本の読み書きが生まれ、現代国語に近い言文一致体が生まれた、と習うべきではないだろうか。それって、英語教育より先にあるべきではないだろうか。

昔は中国、今はアメリカ

日本語とは、日本とは、なんだろう、と思った最初は、十五歳だった。

そのころ私はアメリカの東海岸の果てに一人でいて、ホストファミリーの家から高校に通っていた。

ある上級生の少年が、私にこう訊いた。なんの脈絡でかは覚えていない。脈絡などなかったのかもしれない。

そのままの語順で再現するなら、こうだった。

「どう書くの／君の名前を／チャイニーズ・キャラクターで？」

何を言われたのかがわからなかった。私の名前と「中国人の性格《キャラクター》」の間に、何の関係があるのかと思った。一瞬むっとしたくらいだ。私は中国人じゃない、日本人だ。あなたには区別がつかないかもしれないけれど、明確にちがうものなんだ、私は中国人の性格など帯びていない！　と。

そして次の瞬間、静かに雷に撃たれたみたいだった。記憶と認識が嚙み合う、ピシッという音が、脳内でしたくらいだ。

〈チャイニーズ・キャラクターって、『漢字』のことか！〉

アメリカ人の一歳上の、ごく一般的なアイスホッケー選手の少年は、断言するが決して語学オタクなんかではありはしないその少年は、当時、日本で十五年も育った日本人の私が知らなかった日本語のひとつの本質を、ごくごくふつうに知っていたことになる。なんということか、漢字が中国の文字だということを、私は認識していなかった！　誰も教えてくれなかった。いや、どこかで言われたかもしれないが、日本語のしくみを体系立って教わったことは一度もない。日本で教育を受けた人間の、ほとんど誰にもないはずだ。

しかししかし、言われてみれば、「漢」と書いてあるのだ。

明々白々に、書いてあるのだ。

漢民族の「漢」と!!

そして、日本で男のことを「漢」とも言う。

そうか、そのときどきのドミナントな文明を「男」と見立て、自らを「女」の地位にしてやってきた文明なのだ、日本は！

昔は中国で、今はアメリカだ。

それを思ったとき、なぜだか強烈な「恥」を感じた。

なぜ「恥」なのか、うまく言えない。

しかしそのとき私は、父祖たちの鬱屈が、体で理解できた気がした。

なんとか「男」になろうとした明治国家の焦りと、昭和二十年の敗戦の、大きすぎるその挫折。

私は十五、六歳で、時は八〇年代で、母国にいたならまず肌身に味わわないだろう感情、私の世代の人間が味わうことのない感情、故意に遠ざけられているようでさえあった感情、それに、無数の切り傷をつけられるように体と心にある刻印がなされた。

それから軽く二十年くらいは、その鬱屈は私にあった気がする。

本来ならば、ある国民が、五十年やそこらで忘れられるはずもない傷だったとも、思う。

刻印された他者のしるし

『東京プリズン』という小説は、私が十五、六歳から抱えることになった鬱屈を、象徴的に書いてみようとしたフィクションである。その中で、憲法各種の条約や条文を、それが国際社会に流通した言語、つまり英語で、読むということをしてみた。

違和感を覚えることを言い出すときりがない。

たとえば、「戦争を放棄する」の放棄。これは renounce という動詞。これはこんなふうに使われる。ケニアのイギリスからの独立に関係した映画を見ていたとき、息が止まるほどはっとした。イギリス人が、独立戦線のリーダーの気持ちを変えさせようと拷問をするとき――正確には、現地の別部族を懐柔して拷問にあたらせるという巧妙な手段を使っているとき――、イギリス人の現地支配者が何度も、こう迫る。決して別の動詞は使わない。

“*Renounce* the oath（誓いを捨てろ）”

renounce は厳密に「自発的に捨てる」という意味の動詞なのだ。abandon（見捨てる）とは違うし、throw away などと口語的な言い方にも置き換えない。あくまでも、「自発的に捨てろ」と要求する。「自発的に捨てる」と本人に言わせるまでは、容赦しない。

こういう単語が、私たちの憲法に、他者のしるしとして刻印されている。

他者の言葉で、「私はこれを自発的に捨てる」と言うことほど、倒錯的なことはない。

そのうえ、本人はそこまでのことを言った自覚を持たずに、国際社会にその言葉が流通するままにさせている。

過剰な訳語？

あるいは、「侵略戦争」という言葉。

「あの戦争は侵略戦争だった」とか「侵略戦争ではなかった」とか。

「肯定派」も「否定派」も、負けず劣らず過敏に反応する語の、ナンバーワンではないだろうか。

「侵略」であるなし、あるいはその真偽を、ここで議論しようとは思わない。もっとその前に、そのタームは原語にできる限り忠実に使われているのか、ということを、問題にしたいのだ。

誰が「侵略戦争」という訳語をつくったかは私は知らない。東京裁判の同時通訳かもしれない。その前の資料翻訳段階で、何人かが合議によってつくった訳語かもしれない。日本人の通訳者か翻訳者の、どちらかだと思う。同時通訳というものは、第二次世界大戦後まで、世界にない。ニュルンベルク裁判で初めて登場した。

つまりそれは、あるスピードの中で、限られた人の手で日本語にされ、以後、日本のすべての議論がその訳語に則ってなされた、という、日本語なのである。

起訴状の原語は、こうである。

War of aggression

私は、意外に感じたのだ。invasion などとは言わないのだな、と。aggression とは、「攻撃性」のことであり、受け身でなく積極的な攻撃性を意味するだろう。戦争に関して、「自衛」に対抗する概念なのかもしれない。攻撃を受けずに、攻撃を仕掛けること？ aggression の解釈にはいろいろな次元があるだろう。ひとつ言われるのは、先制攻撃をかけたほうが悪い、という考え方だというものである。

これが転じて「侵略戦争」と言えなくは、ない。

が、「先制攻撃」と「侵略戦争」の間には、かなりおそろしいほどの語感の開きがある。これが日本語になって私たちの中に定着するものだから、日本語の語感の違いは、他ならぬ我々にとって死活問題である。

つまり、私たちは、過剰な訳語をつくって、私たち自身それに過剰な反応をしている可能性がある。

繰り返すけれど、侵略戦争が「あったかなかったか」ではない。

私たちは、私たち自身が告発されたその言葉を、告発した側の言語に立ち、それを私たちの言語に照らし、じっくり精査したことが、一度だってあったのか、ということだ。

ないとしたら（私の感覚では、そんなことは行われなかった）、私たちは、何を悪いと言われているのか、わかっているのだろうか？　わからなかったら、何を謝ったり、何に反発したり、しているのだろうか？　膨大に無駄な力を使っていないのだろうか？

漢字というブラックボックス

定義というのは、つくられたら一人歩きする。

それが法廷の周辺だけで、きわめて短期間につくられたのは、私たちにとってはかなりの痛手だったと思う。英語からのスピード解釈のうえに、それに漢字をあてはめて「概念」にした。即席に。

日本が「侵略戦争」をしたか否か、どこまでが侵略戦争でなく、どこからは侵略戦争だったか、というような議論をここでしたいのではなく、その議論をする土台の言語について考えたことがあるのかと私は言いたいのだ。

にもかかわらず、定義のようなかしこまったものをつくるとき、漢字の熟語風にしないと気が済まない心性を日本人は持っている。進んだ文明はいつだって外にある、という辺境の心性を持つ文化だったのだろう。

漢字は、それ自体ひとつで意味のパッケージであるがゆえに、それを当てはめることは、あくまで近似値である。それも、かなり幅の広い近似値である。

そして一目瞭然のようでいて、いや一目瞭然であるからこそ、漢字は日本人にとってブラックボックスのように働く。分かったような気持ちにさせながら、実は個々人の数だけ解釈が出る。

漢字を「当てはめ」または「解釈」することで国語を発達させてきた日本人には、そういう事態が生まれる。

漢字はもともとは中国でも言葉が通じない人たちのための字だったらしい。広い国土で、方言同士が通じないような人たちが商売をするときの、読めなくても見ればわかる符牒であったらしい。そんな漢字を、日本人が日本語として、外国語の翻訳に使ったとき、実はかなり危険なことが起きたと思う。

そして私たちはその上に自らを規定している。

しかし自分を規定していると思う言葉すら、どこまで自分のものなのだろうか？

それが私が、十五、六歳で感じた、自分が崩れるような無力感の正体だったと思う。日本語は、異物を取り込みながら、それを解釈し、なおかつ、異物は異物のまま眺められる（漢字やカタカナという、外来の言葉であるしるしを残す）という独特な作法を発達させてきた。このように自分に入り込んだ他者は、取り除けない。そのことだけは変えられない。今さら日本語を変えられるとは思えない。現代日本語は奇形《キメラ》でいくしかない。しかし、だからこそ、知っておいた方がよいと思う。

日本人の国境観

「未曾有の事態」

これは現在、とくに二〇一一年三月十一日以降の日本で、決まり文句になっている。

だが、ふと考えたら「未曾有」の意味と成り立ちを、私は知らなかった。調べてみる。

未曾有、とは、「未《いま》だ曾《かつ》て有らず」。

ならばやはり、今の状況に当てはめていいかもしれない、と思う。

圧倒的な天災とかつてない人災、それにともなう人的、物質的、感情的喪失、恐怖や不安をあえて語らずとも、海岸線のかたちからしてごっそり変わってしまうなどということは、日本人が「この国のかたち」を問いだしてから、あったことはないだろう。

「国境のかたち」の絶対線、最終防衛線みたいなものは、明治国家ができてから、日本人は疑ったことがないのではないか（だからサッカーの後発国だったのではと私は思っている。あれは、国境のかたちを刻一刻と書き換えるヨーロッパ人の体感そのもののように感じられるので）。

なにせ、国内をどう行っても「此処《ここ》から先は海しかない」という地点にほどなく出る。

もちろん、沖縄の米軍基地問題だって、北方領土の領土権問題だって、さらに尖閣諸島問題だって竹島問題だって日本は抱えているのだが、それらは多くの日本人にとって「心的な切り離しや放棄が可能」な国境なのだと思う。「ここまでは絶対に自分」という体感や、生理的なまでに強い欲求を、北方領土や尖閣諸島や竹島までは持たない。「自分の体のかたち」と実感しない。

ただ沖縄だけは話が別で、琉球弧と呼ばれる沖縄の島嶼群《とうしょぐん》のかたちが、自らの身体のように侵されるべからざるものとして感じられる日本人が、人口比として無視できない数いる。実際沖縄は日本で唯一、地上戦の舞台として「侵され」、戦後も、占領が終わっても元占領軍の基地に土地や安全を侵され続けている。今に至るまで。

にもかかわらず、沖縄は中央から遠く、小さい、という二重性。それが、沖縄の問題だった。

それが、沖縄を「日本の問題の象徴」としてきた。

そう、沖縄問題は日本の戦後の問題の象徴である。

それゆえに、沖縄があるということは日本の希望である。

ただ、「象徴」であるからこそさらに不可視になりやすい。

同じく戦後に、「象徴」と呼ばれるようになったあの人のように。

未曾有ということ

話を戻そう。

「未だ曾て有らず」という未曾有の事態。

見ていると、「未曾有」はいつも、最新のものだけを指し、その前のものは忘れられてしまうようなのだ。

それ以前に「未曾有」と呼ばれたものたちは、どこへ行くのだろう？　たとえば、リーマン・ショック以後の経済不況。「百年に一度」と言われた経済不況。「千年に一度の大災害」が来て、その影響は消えてしまったのだろうか？　まさか。

思うに、人が思考停止になるときほど、「未曾有」に類する「自分でも意味がよくわかってないけれどむずかしそうな言葉」は便利なのではないだろうか？

「未曾有」がここまで連発されることは、たしかに「未曾有の事態」かもしれない。けれど、だとしたら、想像力は、まったく新しいことを考え始めなければいけないのではないだろうか。

資本主義やエネルギーは、このまま行けるのか、代わる何かを人類は考えてみなければならないのではないか、というほどに根本的なことを。

日本語だってそうだ。むずかしい漢語で何かを言った気にならず、かと言ってわかりやすければいいという考えにも陥らず、ゼロから考えをつくり表現する言葉とはどういうものか。日本語を再発見し、再発明するくらいの気持ちが必要かもしれない。

「みぞゆう」という「失言」

ネオリベラリズムを推し進め、現在の格差社会の原型をつくったと言われながらカリスマ的人気のあった小泉純一郎が総理大臣を辞めた二〇〇六年九月から、自民党の政権は綻びを見せ始めた。

それから約三年の間に三人、総理大臣（＝政権与党代表者）が替わり、麻生太郎が、いったん、自民党最後の総理大臣となる。

ブッシュがオバマを用意してしまったように、この麻生太郎の評判がもう少しよかったら、日本の政権交代も、少なくともあの時期には起きなかった気がする。交代した民主党も、もう少しましに、準備ができた状態で引き継げたのではないか。そんな気もする。

小泉純一郎は、自民党員ながら「自民党をぶっ壊す！」と言い、じっさいそうなったようにも見える。政権交代がいったん起こった。が、彼は「自民党的本質」は強化した、と私は思う。それが継がれたからこそ、二〇一四年現在、安倍晋三の政権はそれなりにスムーズなのだろう、とも。

小泉や安倍は、「保守派」とよく言われる。ちがう。彼らは保守ではなく改革派であり急進的な自由主義者である。

一方、小泉純一郎が「ぶっ壊す」と言ったものこそ、自民党の「保守派」だったのではないだろうか？　と、今の私は思っている。

自民党内の保守派が緩衝帯になっていたため、改革（＝自由化）路線がすみやかに行われず、それを排除することが「自民党をぶっ壊す」ことだったのではないだろうか？　それで、自民党の中にはもう、もたつく保守派がいないから、安倍晋三の政権はスムーズなのではないだろうか？

小泉純一郎が「自民党をぶっ壊す」と言ったとき、人びと（特に彼の自由化路線で最も被害を受けた人たち）が彼を支持したのは、おそらくは、それを「戦後の閉塞をぶっ壊す」の意味に聞いたからなのでは、と思う。

小泉以降、自民党の総裁は、「未曾有」の前になすすべがなかった。その中には、第一次安倍晋三内閣も含まれる。

しかし麻生太郎は、本当によく揚げ足をとられた総理大臣であったが、よく見ると、失策やスキャンダル級の失言は、本人にも閣僚にもない。

彼の語り継がれる「失言」が「未曾有」に関係している。

彼は「未曾有」を「みぞゆう」と読み、公の場で発言したのである。

逆に言えば麻生太郎の頃、すでに事態は「未曾有」のものとしてぎりぎりだったことになる。

彼を無能呼ばわりする論拠の最大のものが、この「みぞゆう」ではなかったかと思う。そうとしか思えない。新聞などは、鬼の首でも取ったかのように、天声人語やそれに類する各社のコラムでも季語のごとく導入部に使い回した。それで結論は、「未曾有をみぞゆうと読むような知性の男に政治を任せておいてよいのか」だった。

このことに、私はどこか深い同情を感じてしまう。

このエピソードは、現代日本と日本人、そして現代日本語を考えるうえで、実は示唆に富んでいる。

首相の知性の証が、漢字を読めるか、ということなのである。

漢字を読めんから、けしからん。

これは長らく日本人の「教養」への態度であったし、近代になっては植民地に押し付けた態度であった。漢字の読み下しを日本人のように自由自在にできるか。

そこで「未曾有」を「みぞゆう」と読んだ、このような政治家が「自民党政権最後の男」となったことは、とにもかくにも興味深いのである。

そのことを、私たちはもう少し考えてみるべきではなかったのか。

日本人にとっての漢字

あなたは「未曾有」を正しく理解していただろうか？　その漢文を、もとからすらっと読み下していたのだろうか？　それとも、読みと意味を教わったままに丸暗記したのだろうか？

三番目に該当する人が、いちばん多いだろう。すでに白状したが、私もそうだ。

私は麻生太郎の知性の低さを、「みぞゆう」をもって決める気には未だになれない。なぜなら、そこに日本語の、ひとつの本質があるからだ。

麻生太郎を鼻で笑った人たちも、本当は「未曾有をみぞゆうと好き好んで読むような作法」をエンジョイしているからだ。

そこに、「日本人にとっての漢字」があるからだ。

どういうことか？

私の年上の友人の中国人女性で、日本に十年以上住んでいる人が、あるときこう言ったことがある。

「日本語は漢字を勝手に読んじゃいけないからむずかしい」

なるほど、「本家」中国では、ひとつひとつの漢字の音は決められていて、それらを一度覚えてしまえば、あとは個人が、書かれたものを勝手に読んでいいというわけだ。

よくわかる。しかしその上で、最も正しくは、彼女はこう言いたかったのだと断言できる。

「日本語は、読み手がみんな好き勝手に読むから、むずかしい」

「未曾有」だって、本当の中国語でなら、読み違える可能性はなかったのである。慣習的にそう読まれてきて、時間のなかで定着してきたものを、だから「正しい」とするのは、価値観か慣習の話である。それは多数の論理であり、こう読むのが「日本人の作法」であると言っているのに等しい。「有人」であれば、有は「ゆう」と読むのであり、「有情」は「うじょう」である。しかしその「正解」は、原理ではない。読みは、あくまでひとつひとつ、読み分けて経験的に覚えていかなければならない。日本人ならば。日本人に、なりたければ。

日本語のこの特性が、日本人の海外進出も、日本の外国人受け入れも、むずかしいものにしている。

歴史上日本人がいちばん海外進出したのは、戦争の時代と、戦後の「経済戦争」と呼ばれた時代だ。日本人が経済領域において、技術を武器に勝とうとしたのは、それが言語なき領域に見えたからではないかとおもう。だがじっさいには、その前にヴィジョンがあるべきで、ヴィジョンは大半の人が言語で構築する。それなしにやれたのは、その時代のアメリカのヴィジョンがあまりに魅力的で、それの改良版を技術力でつくればよかったからであり、そうできる立場の国が、ほとんど日本しかなかったからだ。

ヴィジョンとは本来、存在しないものを創る力だ。

それは多くの頭の中ではじめは言語である。

言語の最もすばらしい特質は、ないものを表現できるということだ。

我々には今、ヴィジョンの力が要る。

ないものを表すそのとき、母国語の特性を知っていることは最低条件になる。母国語の特性をきちんと知ることは、小学校や幼児の頃から英語を学ぶより、ずっとたいせつなことだ。

日本語は乱れる

近年、気になることのひとつに「日本語の子どもの名前」があった。

それはあまりに独特の想像力がはばたくフィールドなために、一時期、面白い名前を見つけたら知らせてくれるように親や友達に頼んでいたくらいだった。で、面白すぎるのが多すぎ、早晩、面白さに飽きてしまった。

「日本語の乱れ」や「今の若者が漢字を知らない」と嘆く人は多いが、日本語はもともと、乱れる質を持っている。それは日本語の成立に関係する本質的なことだ。奇天烈《きてれつ》とも言える子どもの名前を見ているうちに、ここに日本語のひとつの本質があるような気がしてきた。

ありすぎて、いくつかの名前しか記憶していない。断っておくが、どれも、それとして美しく、親の願いも感じさせる名前である。

美華　みふぁ

「み」が日本語読みで、「ふぁ」はこれ、中国語読みだろう？　音が多国籍にまたがっていいというのは、発想の転換であるかもしれない。しかし、面白いことに日本政府は〈当用漢字〉というものを折にふれ法律で決めるくせに、その漢字の読みは規定しない。そこに無限の自由度が生まれてしまう。漢字が日本人にとって、「個人の主観の晴れ舞台」となってしまうのだ。

テレビで新生児の親たちのインタヴューを見たことがあるが、彼らの名付けに重要なファクターは「音」だった。

しかし、彼らは同時に、漢字の字面やその漢字が持つイメージや意味を、決して手放そうとはしない。もしかしたら日本人は、世界一漢字を愛している民族なのではないかと思うほどだ。

「心愛」という名前がある。なんと読むでしょう。

「ここあ」

なるほど、それぞれ漢字の読みの一部だけを使った。

もし、ココアという音や、そのものの持つ作用（ほっとする）などを重視しているなら、カナの名前でよかったはずだ。しかしそこに、心や愛という漢字が持つ作用を重ね、それと音との重なり具合やずれを楽しむという作法がここにある。

類似のものに、「恋文」。

こいぶみちゃん？　これは、「れもん」。

まあいいのだけれど。可愛いのだし。

では「緑夢」は？

「ぐりむ」

華を中国語読みしていいのと同様（？）、緑をグリーンと読んでよく、さらにやはりその「読み」の一部だけを、使う。

こうなると、いささかとんちクイズめいてくるが、まあ、本居宣長だって、「このごろの名前は読めない」と日記に書いていたくらいだ。

日本語は乱れる。それは日本語の宿命である。

そんな日本語で、どう思考していけばいいのだろう？

巨大な中国文明の影響下にあった文明のなかで、このような漢字とのつきあいかたをしたのは日本人だけである。

そこには、他者がまるごと、しかも、織り込まれるように、抜き取れないかたちで入っている。

そのことは是非ではない。

ただ、少なくとも日本語の特性を知ることなしには、日本語を無点検に日本語だと信じて使うことは危ないのではないのか。

そしてそこからしか、日本語と日本文化の想像力、深さや、メリットにも気づけないだろう。

第3章　消えた空き地とガキ大将

ジャイアンの後ろ姿が気になって

ある講座で、『ドラえもん』のジャイアンについて話したことがある。そのときから、ジャイアンの残像が私から離れない。ジャイアンの後ろ姿、去ってゆく彼の背中。

彼は、どこへ行くのだろうと。

ジャイアンとは何か？

自称「ガキ大将」。

彼自身の作詞した自らのテーマソングにそうある。

しかしその大将には、仕切るべき仲間も、時に敵対したり時に同盟したりするよその大将もいない。大将を仮に、グループをまとめ率いてグループの利益を代表して他と折衝する者、と規定すると、のび太やスネ夫は、ジャイアンと同じことをするわけではないし、自らの居場所の確保を彼に託しているわけでもない。そのとき大将はどうなるのか？

「笛吹けど踊らず」の手下ばかりを抱えることになる。

ジャイアンは「喧嘩」をするわけではない。あくまで仲間内の手下格（彼の認識での）に手を出す。それは一方的なものである。だからこそ彼を「いじめっ子」と表現する読者も多いが、と言って昨今「いじめ」と言われるものからみると、彼の「いじめ」は隠されたところが何もなく、その意味で「喧嘩」に近い。が、「喧嘩」ではないのは、暴力が一方向にしか流れないからである。

ジャイアンは何かの過渡期的キャラクターではないだろうか？

「喧嘩」と「いじめ」の間にある何か。

そこで何が変わり、何が子供たちに与えられ、何が奪い去られたのだろう？

映画などになるとジャイアンが「良い役」ないし「ヒーロー」的に成長していくことがある。ジャイアンは、のびしろを秘めた「おいしいキャラ」である。それは、「日常」ではなく「非日常」の条件と、広々とした空間（ジャングルや宇宙だったりする）を与えられた映画においては、彼が、本来なりたかった「ガキ大将」になれるからではないのだろうか？　ある大きな目的が外から魔法的に付与されて、その世界では、ジャイアンは、仲間を守り、率い、共通の目的のために外の世界と直面することができるのである。

つまり逆を返せば、日常において、ジャイアンは、することがない。

漫画の中でジャイアンが典型的にどう登場し、どう去っていくか、思い出してみよう。

ジャイアンは、やって来ては、癇癪《かんしゃく》を起こし、去ってゆく。

そう、「癇癪」だ、彼が発散しているのは。

それは「いじめ」というよりは（それはもちろん受ける側の感性にもよるのだが）、「ヒステリー」というのがより近いものではないかと私は思う。

行き場のない鬱憤。

しかしそれはそもそも「行き場のなさ」から来ているのではないか？

物理的な、「場」のなさから。

『ドラえもん』のコミックスの初期に、なんでも可能にするドラえもんが「それだけはできない」と言ったことがあった。

それは、土地を出すこと、ましてその土地を、誰のものでもなく置いておくこと。

のび太　　‥ドラえもん、あき地を作る機械をだして
ドラえもん‥土地だけは作れないなあ

この台詞のやりとりは、連載の始まった一九六九年に、すでに、高度経済成長期の「列島改造」やそれの延長線上に現れる「バブル」を予見していた藤子不二雄が、批評眼と皮肉とを、込めたものであると、私は感知する。

なにせ、あのなんでもできるドラえもんが、「それだけはできない」と言うのだ。

そうして日本列島には空いた土地、誰かのものでない土地、利潤を生む施設のない土地

は、なくなっていった。そうでない土地は、空き地というよりはただ、人が欲しがらない「見捨てられた土地」だった。自分の土地がそうなることは、何よりこわいことだった。

そんな時代のとば口に立ったガキ大将に、一体、することがあるだろうか？

大将の最初の機能は、「縄張りを守る」ことだ。それが仲間の利益を守ることであり、そこから大将が発生すると言ってもいいし、それが人類の長い歴史の中でオスの主な存在意義だった、と言っても乱暴なことではない。

それでジャイアンの後ろ姿を、私は記憶している。

実は居場所のなさをいちばん、ことのはじめから体現しているキャラクターとして、『ドラえもん』の中でジャイアンはいちばん興味深く、私には感じられる。

日本の鉄板コンテンツとは

『ドラえもん』は連載開始から四十年以上がたった今も、全年代が見られる漫画・アニメ・映画として発表され続けている。作者が亡くなっても、一つの世界として続き、それなりに愛され続けている。「鉄板コンテンツ」というやつだ。世代間ディスコミュニケーションが広がるばかりのわが日本において、貴重な存在かもしれない。同じような例は、『サザエさん』と、『ちびまる子ちゃん』（作者が存命ではあるが）くらいだろう。

しかし、気づくのは、こうした「世代を貫く」作品が今のところすべて、「戦後から高度経済成長へ向かう風景」であることである。映画版『三丁目の夕日』もそうだが、まるで、それを知らない者たちをも含めた膨大な日本人が「ノスタルジーを持って安心して鑑賞できる」のは、その期間だけであるかのようである。そして共通に話せる話題はその期間にしかないかのようである。たしかに「日本」という大きな物語が機能したのは、その時代までなのかもしれない。

漫画版『サザエさん』は、兵隊が復員してくる描写から始まる。そうして人々が身を寄せ合って貧しさと食糧難を耐えた時代から、「一億総中流」と言われた中流のささやかな幸せのようなものが訪れる時代までを『サザエさん』は描き、今は、「ささやかな幸せのようなもの」の部分だけを描いて続いている。

磯野家をはじめ多くの日本の家庭が豊かになっていく、そのきっかけになったのが、朝鮮戦争の特需だったことは、前にも述べた。日本の戦後には、隠しゴマのように朝鮮半島の影がちらつく。しかしもちろん、それは描かれない触媒である。『サザエさん』のTVアニメでは、「中流になった後」だけを、終わりなき日常のように繰り返している。

その時代にネガティブな面はないかのようである。

もちろん、ある作品が時代のすべての側面に触れる必要はないのだが、それが「見る側の欲望」でもあるとすると、別の問題だ。そしてそれはいつからか、その手の作品を縛っていくことにもなったと思う。

映画版『三丁目の夕日』は、そんな朝鮮戦争で使われた米軍の戦車が鋳つぶされた鉄骨で造られた「東京タワー」が、人々の夢を担って空へと伸びつつある、という途上の風景が象徴的に使われた作品である。続編は、東京オリンピックの行われる一九六四年の風景と人情ドラマの3D作品である。

テレビ局各局が記念的な作品をつくろうとするときもまた、使うのは「その時代」である。二〇〇九年のフジテレビ開局50周年記念ドラマのラストは、シベリア抑留された主人公が商社マンとして頭角を現し、日本が「対米貿易戦争に（束の間）勝つ」立役者になる『不毛地帯』。二〇一一年のTBS開局60周年記念番組は『南極大陸』。戦後十年を過ぎた昭和三十年代に、子供たちの夢を抱いて南極に挑む越冬隊の汗と涙の物語……。

3・11後のドラマである『南極大陸』が、いくら「その夢には、日本を変える力がある」と「復興」を鼓舞するようなことを言おうと、それはノスタルジアであり、何か新しいことを言うよりは「安全パイ」だからつくられたドラマであると思えてならない。

そして、「日本が元気だった頃」「夢があった頃」と言うとき、そこには無意識に「日本が男らしかった頃」の含みがある。

空き地のある風景

私はそういう機会があるまで『ドラえもん』を仔細に読んだことがなかった。読んでみてのっけから驚いたのは、のび太たちと私は同い年であるということだった。二巻あたりに、のび太が生年月日を言う場面が出てくるが、それが一九六四年なのだった（『ちびまる子ちゃん』は、それが作者の幼少期であるなら、一九六五年生まれである）。

実はこれにはちょっとしたからくりがあり、のび太は、計算上は一九六〇年生まれであるという。それを、モニュメンタルな意味をもたせるために、「東京オリンピックの年」生まれにしたのだという。

ただ、四年ちがうとその頃の風景はかなりちがう。

一九六四年生まれとされる主人公を取り囲む風景が、実は一九六〇年生まれのそれである、と知ったとき、私には深く腑に落ちるものがあった。

なぜなら『ドラえもん』の風景は私が小学校低学年のころには、都内にはすでに存在しなかったから。

一九六〇年生まれであるなら、納得できる。それは、存在した。

歴史上、ごく一時期にしか存在しなかった風景がそこにある。

私には六〇年生まれと六一年生まれの兄がいるが、兄たちが見ていた風景は、あんなだ。私は、兄たちについてごく幼いころに垣間見たり、兄たちから話で聞いただけの風景だ。

どんな風景が、あんなか。

空き地である。

土管のある空き地

「空き地」とはなんだろうか？

公園ともちがう。そこは目的のない場所である。目的のなさが、子供にはいい。そこは自由なイマジネーションを遊ばせてくれる場所だ。

あの頃の空き地とは、なんだったろうか？

今ならば言える。そこは造成地かその資材置き場だった、と。

漫画に出てくる空き地には、決まって土管が三本、ピラミッド状に積んであった。『あしたのジョー』でも『もーれつア太郎』でも、たしか『ど根性ガエル』でもそうだ。土管、それは無機的でありながら子供好みの狭くて暗い空間であり、雨露もしのがせてくれ、子供なりの寂しさをも受け止めてくれる場所だったろう。しかし、ああいう土管を、私は現実には見たことがない。

だとしたら、あれはほんのわずかの、途上の風景だったのである。ほんの三、四歳ちがいの兄が見られて私が物心ついたころには消えていた、というほどの。

工業化、住宅ラッシュ、そのどちらかあるいは両方が相まって、日本全土を「意味と目的のある私有地」に変えていった。

コミックスの中に、こんなシーンがある。

のび太、ジャイアン、スネ夫、しずかちゃん、ドラえもんのいつもの五人が裏山から町を見て感慨深げに吐き出す。

「日本のすみからすみまで持ち主がいるなんて……」

「こうなるとますます土地のことが問題になるなあ」

それは、実は日本全土を呑み込んで「土管のある空き地」を消していく波なのだが、それでも作品の中には、土管のある空き地が登場し続ける。それこそがSF的だともいえる。

ドラえもんの繰り出す「どこでもドア」や「タケコプター」も、交通渋滞緩和の目的であると解釈する研究者もいる。

ガキ大将の成立条件

それでジャイアンだ。

ジャイアンは「いじめっ子」とされるのが通常だが、「いじめっ子」とは私にはあまり感じられなかった。少なくとも後に「いじめ」とされたこととは、ちがう。

もちろん、ジャイアンは横暴な存在ではあるのだが、「おまえのものは俺のもの、俺のものも俺のもの」と言うとき、そこには、いいことも悪いこともひっくるめた度量がある、と私は思う。すぐ拳固をふるまうが、骨が硬い頭頂部に一発でその場限りである。痛すぎるところや弱いところは殴らない。人が立ち直れなくなるほどの悪罵も浴びせなければ、度を越した暴力もない。

後の「いじめ」において、いじめられた者が生命を絶つまでに思いつめることがあるのは、自尊心を過度に奪われるからだ。また、人を過失で殺すほど害するのは、感情の抑制がきかない者でなければ、喧嘩を知らない者である。ジャイアンにそういうことはない。いささか贔屓目に言うけれど、ジャイアンは、加減を本能的に知っている存在であると言える。ジャイアンは、身体的な存在であり、そのタイプは『ドラえもん』において唯一である。

だから、ジャイアンにはガキ大将のポテンシャルは、あったのではないかと考える。

そしてガキ大将を成り立たせていたものは、空き地という物理的な「場」だったのではないか、と。

私の三つ上の兄がガキ大将であったが、そういう存在は、私の小学校時代には、私が女であることを差し引いても、同級生にはいなかった。

三つ上の兄の小中高の話は、私が聞いてもエキゾチックである。人望というのとも少し違うが、物理的に場をまとめる、そんな力があったように思う。あと義侠心みたいなものと。もちろんいい話ばかりではないだろうし、聞いていてくらくらするようなこともある。だけれど、弱い者はかばったとか、仲間がいじめられると報復しに行ったとか、そういう話はある。そういうガキ大将は一人ではなく、何人かいて、なぜか自営業の家の子だった。鳶の棟梁の息子だったり、脱サラケーキ屋の息子だったり。ジャイアンの家も、個人商店だった。

第三原っぱ

私の育った中央線の中野～荻窪あたりは、戦前に「郊外」と言われた町である。「下町」の人が「山の手」を越えて流出した先が、そういう「郊外」だったのではないだろうか。私の祖父母と父も、終戦の一年前に浅草から高円寺に移ってきた人々だった。

小さな門と庭があって、硝子の引き戸の玄関、和室があり、板張りの廊下（フローリングではなく！）があり、客間だけ純洋風、ときに八角形とか円筒形ですらあるという、和洋折衷住宅が、あったものだ。

誰が名付けたか「第三原っぱ」という広めの空き地が、少なくとも私の兄が小学校五年までは、手つかずに近く阿佐ヶ谷南にあった。なぜ少なくとも彼が五年まではと言えるかというと、彼が五年のとき、横井庄一さんが戦地から帰ってきて、ガキどもはそこで「横井さんごっこ」というものをしたからである。

「第三原っぱ」はその後、球技ができる公園に整備されたのだが、そんな公園でジャングルのサバイバルごっこはしようと思わない。「空き地」というのは「公園」とはちがう。用途やルールを自分たちで決められ、イマジネーションを喚起する場所だった。

第三原っぱは私たちが通った小学校から少し離れたところにあったが、ここは隣接学区との境にある場所だった。じじつ、この原っぱに近い何人かの友達は、小学校は隣接学区のそれに通っている。つまり、位置的にも、子供の縄張り《テリトリー》の境界線上にあった。

私がここが空き地だったことを覚えていないのは、私のほうが子供で行動半径が狭かったことと、女の子だったことによるだろう。第三原っぱは、男の子の秘密の世界だった。「学区」というものが、子供の体感世界にはあった。古くは、「氏子」の感覚だったのかもしれない。

子供にとっての、目に見えない境界線。ここまで親和性があり、このへんから違和感に変わるという、テリトリーの体感。

日本の公立小学校に学んだ者ならきっとこれを知っているし、そこから公立中学校に進んだ者ならば、学区の拡大を、急激に大きくなる体と心の拡大と、ひとつに溶け合ったものに感じただろう。

こういうとき、人や街の動線にはある種の自然が息づいている。

東京がめちゃくちゃな拡大をして地方の特色もすべてがなぎ倒されていく前の、空間が人の体感とマッチしていたわずかな時代と、子供の「学区感」は似ている。逆に言えば、人間はそんなに大きなものを自分のものとしては体感できない。仮に手にしたところで、そんなに幸せな感じがしない。

第三原っぱは、そんな子供の体感のボーダー領域に、ぽっかりと空いた真空地帯であり、子供たちを自然に引き寄せた。特に幼い少年を。

そして空き地のあるところにはガキ大将がいた。

ガキ大将という人種がいつからいなくなったのかと考える時、それは空き地の消滅とパラレルである感じがした。両方、今はない。よしんば「空いた土地」があったとしても、そこは誰の所有物であるかが明記され、入れないようになっている。また、入って遊びたいと体が感じるような場所でも、ない。

ガキ大将はヤンキーとも違うし、しかしヤンキーなことも喧嘩もするが、運動も勉強もけっこうできた。

空き地の来歴

ガキ大将がどういう人種であったかを考える時、私には、「第三原っぱ」の土地の来歴がなぜかどうしても気になった。

そう、空き地は、ただの空いている土地ではなかった。少なくとも子供たちにとっては。それは、本能的に「原っぱ」と命名されたように、誰にも属さない、ゆえに誰にでも開かれたように感じさせる場だったのである。所有者がどこかにいたとしても。塀で囲まれてもいなければ、金網も、「立入禁止」の立て札も所有者の名前と連絡先もなかった。

一九五〇年生まれの作家、矢作俊彦は、小説『ららら科學の子』（文藝春秋、二〇〇三年）で、こう書いている。

「小学校に上がる前、渋谷の近くには空襲による焼け跡がまだ残っていて、それは子供たちの格好の遊び場だった」

高度経済成長期に育った子供たちは、焼け跡を知りはしない。

しかし私には一時代にだけ存在したあの「空き地」ないし「原っぱ」というものが、どこかで戦争に関係した何かだと思えてならなかった。

三つ上の幼なじみたちに「第三原っぱ」の来歴を訊くと、その代では回答がなく、その先輩に訊いていくと、あるところであっさりわかった。

それは、近隣に住む旧軍人一族の土地であったか、家屋敷跡地であった。

言われてみれば腑に落ちることで、その一帯には旧帝国軍人が多かったという話を聞いていた。荻窪に近衛文磨や犬養毅といった政治家が、阿佐ヶ谷には軍人が、多かったと。また、阿佐ヶ谷は北が「文化の北」として文士などが多く、南が「軍人の南」と言われていたそうだ。これまた言われればうなずけるのだけれど、私の母の父が貧乏文士で、一時期阿佐ヶ谷の北に住んでいたという話と符合した。

本当に、ある時期までの都市には、植生や川の流れにも似た、自然の人の流れや溜まりがあったように思う。一定の収入や点数さえ満たせば、どんな学校に行きどんな町に住まうのも自由、というその後の時代のほうが、どうも不自然に感じるようなことがある。

消された階級社会

戦後の高度経済成長の間に日本社会から徹底的になくされていったもの。

それは、ある種の「階級社会」なのではないかと思う。

それは、戦争と軍隊が「絶対悪」として全否定されていった過程と、奇妙に寄り添っている。

いや、「奇妙に」ではないのかもしれない。「もろに」関係していたのかもしれない。

ある言葉を思い出す。陸軍幼年学校で終戦を迎えたという人が、私に語った言葉だ。

「幼年学校に入るというのは、階級が変わるようなことでした」

この言葉を聞いて、私は旧日本軍の本質がわかった気がしたのだ。

それは旧武士階級そのものだったのだと。

もともと明治政府が、市民革命ではなく、いわば武士階級内のクーデターによりなった政権だから、近代軍隊といえど下敷きは武士だった。人の心は、制度の廃止や切り替えのように瞬時には変わらない。

一九三三（昭和八）年に起きたゴーストップ事件というものを知った時も、帝国軍人の自己認識と矜持は武士階級なのだと思った覚えがある。それは、信号（ゴーストップ）で信号無視をした軍人を警察官が注意したところ、「軍人は警察官には従わない」「公衆の面前で軍服姿の帝国軍人を侮辱するのは許さない」などと軍人が怒って喧嘩となり、結果、軍部が法律を超えて動き、国家の統制がきかなくなるきっかけの一つとなった事件なのだが、一見小さないさかいに見える衝突の底に流れていたのは、「世が世なら斬り捨て御免」の感覚であったと思う。

そしてもし、だ。

試験の出来いかんで、今まで、生まれつかない限りはなれなかった武士階級に、なれるのだとしたら、それは、たしかにかつてない階級上昇の機会が開かれたのだった。

このことは、第二次世界大戦後の高度経済成長期に、試験に通りさえすれば誰でもいい学校に入れて、いい学校に入れればいい会社に入れる仕組みがつくられたのとよく似ていた。このアイデアに、日本人は夢中になった。それを実現するために、別名「ペーパーテスト」なる画一的な選抜システムが、誰からともなく考案されて広がり、全日本規模になった。「大衆的願望」としか言いようがない。無個性な人間をつくると悪評のあるシステムでもあるが、無個性なところこそがミソなのだ。無個性であればこそ、その人が出身階層にかかわりなく、純粋に点数で評価され、上昇が果たせるからだ。

どうも日本人はこういうのを好むらしい。歴史上、日本人がすごい力を出した時を見ると、「既存の体制が不可抗力で崩れながら、上昇の夢と平等の夢が同時存在したとき」なのだ。

明治維新と昭和の高度経済成長期。

「既存の体制が不可抗力で崩れながら、上昇の夢と平等の夢が同時存在したとき」

条件を並べてみると、いかにもまれで、いかにも長続きしそうにない。

しかし日本人はよほどこれを好むらしく、ほとんどまぐれのように確立したシステムを、なかなか手放そうとはしない。

受験システムもそのひとつだ。受験勉強を一所懸命してもそれが受験以外のなんの役にも立たないことを、もう誰もが知っている。そのうえ、学校を出ても先の見通しが立たないことも知っている。しかし、いかにグローバリゼーションが叫ばれようと、国際競争力をつけることや交渉力の重要性がどのように叫ばれようと、日本人はこの選抜システムを手放そうとはしない。「就活」だって同じことだ。

今日本で起きていることは、ひとつにはこの受験選抜システムに代表されるものの成就だと言えるし、成就と同時に破綻の産物だとも言える。

旧階級社会と新階級社会

多くの空き地が、開発途上の宅地予定地で短いスパンで消えていったのに対し、「第三原っぱ」と呼ばれたその空き地は比較的長い間、公園でも住宅建設予定地でもない、「ただぽっかりと空いた土地」であり続けた。

その空き地の来歴を調べてみて、そうか、と感慨に私は打たれた。

私たちは、旧階級の特権が解体される只中にいて、それを身体の記憶としていた。と同時に、旧階級の作法に敬意も払っていた。その恩恵も受けていた。私有地を、所有権を主張することなく全く地域に開放することは、凡夫になかなかできる発想ではなくて、旧階級の懐の深さというものを感じさせる。

私たちは、大きく変貌しようとする東京の中で成長し、そういう力学がせめぎあう場に身を置いていて、その最後の記憶を身体に刻んだ。

驚いてしまう。私たちは、武士階級の最期、つまり江戸時代の最期を看取ったということになりはしないか。

ひとつ言えるのは、日本人は、戦争はこりごりだと思っていただろうが、旧軍人の少なからぬ数が元をただすと武士（司馬遼太郎の『坂の上の雲』は、そこから始まる）であり、旧知識階級でもあった彼らに、ある世代まで一定の敬意を払っていたように見受けられる。もちろん、途中から工場労働のようにシステマティックになった近代戦争に武士道のままで当たり続けたことが、旧軍の痛ましさの一因ではあっても。これも三つ上の兄に聞いた話だが、彼と私が通った公立中学の三級か四級上に、さる有名な軍人一族の子孫がいて、たいへんなカリスマ的存在だったという。その人は私の兄と進学した都立高校が同じで、兄が高校入学した時、出身中学の名前を言うと、ほとんどすべての人が、その人と知り合いかと訊いてきたそうである。

どこかに特権があれば取り上げて、細分して分配するのが、日本人の隠された情熱である。それが私の中にもないとは言えないが、それがやりつくされてバブル景気が国土をずたずたにして、果ての荒れ野に現れた「新階級社会」と、旧身分制度の名残である「旧階級社会」。どちらがいいか、あるいはどちらがより、いやか。どっちの格差、どっちの理不尽さが、より耐えられるか?

今の格差のほうがいいとは、言い切れない私がいる。

子供の遊びの私有化

『ドラえもん』に、特徴的な場所は二つ出てくる。

一つが、土管のある空き地。もう一つは、のび太の個室である自宅勉強部屋である。

しかしそもそも、ドラえもんはのび太の勉強机の引き出しを通じて未来からこの時空にやってくる。だから重きはどちらかと言えばのび太の勉強部屋のほうにある。

その「共有の空間」と「私有の空間」の二つの場所を同時に描いたところが、『ドラえもん』の優れて批評的なところであったと思う。

高度経済成長期とは、人が私有を追求するために共有空間をなくしていった過程であったとも言えるからだ。

都市や郊外に、空き地はいつ頃まであったのだろう？

作者の藤子不二雄自身は、東京都豊島区の木造アパート・トキワ荘（在住期間一九五四〜六二）から、多摩丘陵へと居を移している。彼（彼ら）は、郊外化の動線そのままに移動し、そのために、「子供の大半に個室がある状況」と「外には空き地と土管がある状況」が同時存在する時期を、引き伸ばして体験していた。

いろいろな人に空き地のことを訊いてみる過程で、面白い証言があったので引用する。横井庄一が帰ってきた一九七二年に、神奈川県の郊外に生まれた人ではどうだったか。平塚市に生まれ育った男性の証言。

「空き地はあった。農地だったんだろう。土管は見たことがない。

小学校は集団登校をしていて、外でも、学年縦割りのそのグループで遊んでいた。

自宅があったのは、住宅地と工業地帯の中間のような場所で、駅から離れていたにもかかわらず、小学校低学年の時に大きな団地ができて、それは小さな学校をひとつ合併したような人数の増え方だった。（……）

団地ができると、鬼ごっこなどの逃げる経路が、一気に立体的になったのが面白かった。小学校高学年のとき、ファミコンが出て、ここから遊びはゲーム一色になる。でも、ファミコンは、ある家とない家とがあり、ある家へと遊びに行く必要があった。団地の子たちのほうが、こういうことは進んでいた」

子供の遊びは、図式化すると次のようになる。

共有（空き地で遊ぶ）→私有（ファミコン）→超私有（ポータブル）

ガキ大将が人をまとめる場所がなくなっていく。

私有財産は仕切れない。

空き地が切り売りされて宅地になっていくのと、「子供の遊びが私有物になっていく」はパラレルだ。

喧嘩と恋愛の間合いは似ている

考えていたら、変な直観を持ってしまった。

昨今、恋愛ができない人が増えているというのだが、それと、ガキ大将の消滅とは、関係があるのではないか。

恋愛に消極的な男性を「草食系男子」などと呼ぶことが定着しているが（「草食」というネーミングは、気持ちはわかるが異論がある。考えてもみてほしい。草食動物だからと言って、性に消極的なわけなどないから！）、それと空き地やガキ大将の消滅の間に、関係があるような気がしたのだ。

私の推論はこうだ。

だって、素手の喧嘩と恋愛の間合いは似ているから！

間合い、と武道っぽく例えたが、人間が、他人を自分の腕のリーチの内側にいれるような間合いは、素手の喧嘩か、性愛くらいなのだ。

だったら、社会から暴力を少しでも想起させるものが消されていったのと同時に、人は恋愛も苦手になっていって道理ではないだろうか？

喧嘩や闘争の間合いをぜんぜん知らなければ、恋愛の間合いを測ることは、男にはむずかしいのではないか？

闘争も恋愛も、いきなり間合いを詰めるタイミングや、引き際がわからないと、失敗する。しかしこればかりは、失敗を重ねないと、匙加減がわからない（男は、というのは、女は基本が受身だから、学習しなくてもある程度これがわかるところがあるからだ）。

ここは考えてもわからないので、元ガキ大将の男に訊いてみようと、うちの兄をつかまえた。

「ガキ大将の衰退と恋愛の衰退に関係があるように思ってるんだけど？」

「ああ、そうかもね」

と彼は答えたが、その核心として、意外なことを言った。

「どっちも交渉ごとだからね」

おお!?

はじめて、兄をちょっとかっこいいと思ったかもしれない。

彼はなぜか同級生の女の子たちにモテたのだが、その理由が私にはぜんぜんわからなかったのだ。

兄は続けた。

「空き地行くじゃん。だいたい一年から六年までいる。中学生になると生活圏や生活時間がばらばらになるからさ。それで一年から六年まで、複数のグループが、同じ空き地を使いたい。どっちが使うか？　一緒に使うか？　交渉だよね。一緒に使うのがいいことだ、っていう原理主義じゃない。そういうとき、なんかのプレーがうまい奴は一目置かれたり、アイデア出すのがうまい奴とかもいる、けどまずは力関係ありきだな。かち合うときも絶対ある。そのときどうするか。退《ひ》くのか、話しあうのか、力でぶつかることを覚悟するのか、本当は退きたいんだけどナメられたくないのか」

「本当は退きたいんだけどナメられたくないとき、どうするの？」

「それをハッタリという」

「なるほど」

「力関係っていうのは、膨大な事例の積み重ねなんだよ。法で言えば、慣習法。最初から『こうしなさい、こうしてはいけない』と書いてある成文法の世界じゃない。ちなみに日本の法律は成文法」

ジャイアンはガキ大将になれなかった

ガキ大将のイメージにいちばん近いのは、チームスポーツの「主将」もしくは軍隊の「軍曹」級の兵士だろうか。要するに、現場を取り仕切る者である。上には監督や士官がいるかもしれないが、現場でいちばんの長である。

小隊クラスを、うまくまとめて共通の利益をもたらす者。それが活躍するには、「共通の目的」と「共有する場」が要る。

だとしたら、ジャイアンは、やはり「ガキ大将になりたくてなれなかった男の子」ではないか、と私は思う。

ジャイアンの怒り方が、往々にしてただのヒステリーに見えるのはそのせいではないか。

そしてそれは、彼自身の資質の欠如というよりは、時代と環境によって、なれないのではないか。

ジャイアンには「共通の目的」「目的を展開する共有の場」、そのどちらもすでに失われつつあったのだから。

どちらが先かはわからない。両方が手に手をとって、失われていった。大人たちには当時「共通の目的」があり会社という「共通の小さな場」があり、それが機能していて、その目的のために、お金になるものはなんでもお金にした。利潤追求集団が競い合っているのだから。

「利潤追求集団」があって、その上にある大きな物語も「利潤追求」であったら、それはこわいことになる。蛇がその尻尾を食うような。利潤を産むことが、手段ではなく目的になる。その最たるものが「土地」で、どんな小さな空き地も放っておかれず、換金方法が考えられた。大人の「共通の目的」はお金をつくることだった。結果、子供たちからは、両方が失われていった。

国内のいろんな資源が食いつくされたのである。資源が食いつくされるのと、目的の喪失はほぼ同時である。その結果の世界を、そこで育った子供たちが今生きている。日本全国が宅地となり、土地の私有が進んだのと、子供の世界の遊びが私有化するのとは、同時進行した事実だった。


「場」がなくなる、というのは、人が考えるより怖いことだ。

そのうえ、その怖さは言語化しにくい。

言語化しにくいから、わかりやすい数字に負けてしまう。

その怖さは、失ってみないと身にしみない。

最初から失われている者にとっては、身にしみることさえむずかしい。にもかかわらず、影響だけは受けている。「ない」ことからの影響は、さらに言語化がむずかしい。

正しく表出できれば、問題は自ら癒えていく力を持っている。

言語化できない不調を持ち続けることは、人間にとって最もつらいことのひとつではないだろうか。

第4章　安保闘争とは何だったのか

アメリカ一人勝ちの時代

戦後と暴力の関係を考えるうえで、避けては通れない話題は「学生運動」であろう。そしてそこにはアメリカの影がある。が――。

暴力の向かい先とは、どこだったのだろう?

日本の「戦後」とは、多かれ少なかれ、アメリカとの関係をめぐって揺れてきた時代のことである。

書いてみて、いくらなんでもこれくらいは、読者のほとんどに了解可能だろう、と考える。日本の戦後とは、まずはアメリカによって実質的に一国占領を受けたことに始まるのだから。

……いや。そう思いながら、当の自分自身がそうは理解できていなかったと気づいて、愕然とする。というか、自分にも、それは、その「蜜月」が終わってしまうまで腑に落ちることのなかった感覚だった。

私がこの項を書いているのは、二〇一四年の二月である。それに先立つ二〇一三年のクリスマスの朝、私は何年ぶりかのCDをふと手にとって、かけた。それは一九九四年の宝塚歌劇団星組のレビュー作品だった。ものすごく好きだったトップスターの退団公演で、神戸出身である彼女が九四年の末にやめて翌年すぐに阪神淡路大震災が起きて、私の中の何かが終わってしまい、それから宝塚歌劇はあまり観ていない。こんな個人的な歴史感覚は誰にでも一つや二つあるだろう。

レビューとは、一場一場が独立した構成のショーである。そこに、こういう台詞があった。

「一九四五年、あれは、戦争が終わって間もなくのことだった。ビバリーヒルズのパーティで、君に会ったんだ……キャサリン」

そして幕が上がると、パーティの場面。シックなアールデコのファッションとインテリア、退廃的な音楽。これがアメリカの場面であったことに、私は驚いていた。てっきり一九二〇年代くらいのヨーロッパだと記憶していたのである。

しかしなるほど、宝塚歌劇は、細かい考証もよくできている。一九四五年に、退廃的なほどの贅沢が可能だったのは、世界広しといえど、アメリカ合衆国だけだったからだ。そして、かつての西の端に退廃の華が咲くほど、豊かさは全土に浸透していただろう。第二次大戦後に唯一、無傷な国土と生産力を誇る大国。

その次の瞬間、私は静かな落雷に打たれるようにさとった。

「日本経済がよかったとき」というのは、「世界におけるアメリカ一人勝ちの時代」だったのか！

だからそれは、戻ってこない。どんなに日本ががんばろうと、アメリカに恭順の意を示そうと、それは戻ってこない！　そのうえ、日本にはアメリカに恭順である以外の選択肢がない。その選択肢自身が、「自民党政治」と呼ばれてきたシステムなのではないのか？

アメリカの要求は変わらない

話は少し遡る。

「日本の近代とは、アメリカの軍艦に始まってアメリカの軍艦に終わった時代のことである」

という『敗北を抱きしめて』のジョン・ダワーの文章は、先にも引いた。

アメリカとの関係は、黒船のはじめから、「市場開放」と「不平等条約」が、「武力」を背景にやってきた。

第二次世界大戦の日本の降伏調印式場が、東京湾上の戦艦ミズーリだったというのは、アメリカとの条約は武力とセットであったしこれからもあるということが、スマートに一体化された表現だろう。スマートだからこそ、この図はぐさっとくる。私が個人的に「敗けたんだ」ということを最も感じる写真は、焼け野原でもキノコ雲でも天皇とマッカーサーの面談でもなかった。戦艦ミズーリ号での調印式だった。

マッカーサーがいて、アメリカの将校たちがいて、珍しいもの見たさの愉快そうな水兵たちまでいて、同じその甲板に日本の全権大使たちがいる。脚の悪い重光葵は杖をついている。アメリカの軍人たちは、機能的な軍服でリラックスして見える。日本の全権大使団は、モーニングの服装にシルクハットをかぶっている。二つの国の人たちは、まるで別の時間を生きているかのようだ。大日本帝国の時間は、止まっていた。ああ、それで敗けたんだ、見ると私はいつも思う。日本は、欧米列強に追いつくためにそれまでと断絶した日々を、明治維新から送り、そのうえそこで想像力が止まっていた。日露戦争の成功体験が第二次世界大戦には仇になったと指摘する研究者もいる。それも要するに「想像力が時代についていけていない」ということだ。

そうして第二次世界大戦が終わった後も、アメリカとの問題は、この三つの組み合わせで起きてきた。現在の問題も、ここからまったく変わらない。TPPは市場開放と不平等条約（「交渉」は対等だと思えるほうがおかしい！　持ちかけてくるほうがルールの創造者である）、米軍基地問題は、不平等条約と武力。

しかし。

日本人の民衆が大挙してこれに対立したことが、あったにはあったのだ。「学生運動」を駆動したより大きな力の名は「安保闘争」であるのだから。それがなぜか社会に記憶されていない。政治闘争として、部分的に、成功しさえしているのに。

あさま山荘事件

私は今から「あさま山荘事件」と「暴力」に関するある直観のことを話そうとしている。が、これがすごくむずかしい。「あさま山荘事件」は、いわゆる学生運動の終わりの事件であり、学生運動を完全に「終わらせた」事件である。このことは後で書く。

語るのがむずかしい、というのは、当事者たちの多くが健在であるにもかかわらず、安保闘争と学生運動の全体像と本質は、後世にほとんどわからない話になっているからだ。

たとえば七〇年安保闘争の当事者である「団塊の世代」（戦争が終わってどっと生まれた人たち）は、坪内祐三が割り出したところによれば広義で昭和二十一年（一九四六）生まれから昭和二十六年（一九五一）早生まれ、狭義には昭和二十二年（一九四七）から昭和二十四年（一九四九）生まれである。高校闘争までを入れて、当事者の下限を一九七〇年に高校一年の人、としてみる。すると一九五四年生まれであり、私からはわずかに十歳上なだけだ。このくらい離れるだけでもうちんぷんかんぷんになっているなら、この件は、残念ながらもはやほとんどの日本人にわかってない、と思って話をしたほうがよい。

日本のテレビ史において、最高視聴率を叩きだした報道番組は、一九七二年の連合赤軍による人質籠城事件「あさま山荘事件」だ。

学生運動の最後の表立った抵抗。ＮＨＫと民放を併せて89％超。ＮＨＫと大半の民放局が同じことをリアルタイムで放映したこと自体がもう、事件である。

とはいえ、七歳でそれを見た私にとっては、ふだんの一切を押しのけてやっている、ものすごくつまらない番組だった。そのうえどのチャンネルもそのつまらない番組だった。ほとんどの時間は、さむざむとした山荘が、まるで静止画のように映る。学校から帰ってきて、それがかかっていて、でも退屈で五分見たかわからない。よく見ていれば、銃撃などもあったのかもしれないが、集音マイクなどを使うわけではないし、何が起きたかよくわからなかったろう。粘り強く見れば、建物解体用の鉄球を山荘にぶつける伝説の「鉄球作戦」もあったのだろうが、ひなびた山荘が壊されるのを見ても、別になんの感慨も湧かなかっただろう。

私には、事件の文脈が、まったく共有できていなかったのである。

それは、妙に密閉されたような記憶となった。

学生運動がわからない

私にとって戦後史の異常に思うことのひとつに、「学生運動のことがまるでわからない」というのがあった。

れっきとした戦後史で、私にとっては、先ほども言ったが何十年もの昔でもない。私からだいたい十から十八歳くらい上の人たちが、一九六八年から七二年くらいの間に、国家や権力を相手どって闘った、らしい。それが何もわからないとはなんとも変ではないか。当時、七歳の私にわからなかっただけではない、ごく最近まで、わからなくて、だからいつしか忘れていたのだ。

学生運動とは、広義の（そして世界的な）第二次世界大戦後の余波、あるいは落とし前のつけ方だったとは、思う。それが若い世代からの、国家や権力への異議申立てとしてなされたのだと、今の私はざっくりと理解する。

残っている研究やドキュメントは、よど号ハイジャックやあさま山荘事件の当事者のものか、あさま山荘事件を制圧した警察側のものが多い。

しかし、こうも考えてみる。

彼らは、もしかしたら、市民革命が起こらなかったこの国で、初めて、それに近いことをした人々だったかもしれない。権力に対して、抵抗した。

六〇年安保闘争の前駆期に、「砂川闘争」というのがあった。今の東京都立川市で起こった、駐留米軍と国家とを相手どった住民運動で、学生運動の原点とも言われている。これは、日本の歴史上ほんの束の間、本当に「民衆」や「市民」という意識が日本で萌芽し、それが成功した事例ではないかと思う。住民や農民や学生たちが、米軍を立ち退かせたのである。これは記憶されていいことだと思うのだが。


かつての学生運動関係者は、七〇年安保世代なら身近に接することすらあったし、私は東京の中央線沿線に育ち、そこには元ヒッピーだって多くいた。多くは、何もなかったような顔をするか、「あの頃は」と遠い目をするか、妙に傷を負っているふうに口を閉ざしていた。運動に深入りしなかった者たちは、それはそれで後ろめたそうな顔をして、多くを語らなかった。

彼らの言葉で言えば運動の「総括」はされていなかった。そうしてそのまま、上書きするかのように高度消費社会が始まり、八〇年代の拝金主義とバブルとバブル崩壊への序曲が始まった気がする。

元ヒッピーやヒッピーくずれも含めて、彼らは、どこへ行ってしまったのだろう？

「就職が決まって長い髪を切った（就職を決めるために髪を切るのではというツッコミはさておく）／もう若くないさと君に言い訳したね」というような歌詞が当時の世相を歌った歌にあったのだが、みんな、大学時代が終われば髪を切って会社に就職したのだろうか？　今でも、そうするように？　髪を切ったらスピリットも失ったのだろうか？

誰も責める意図はない。ただ、不思議なのだ。同じ国の中に、消えた種族がいる、という感じで。

そして、今思えば一九七二年のあさま山荘事件は、社会の「暴力性」への態度の、分水嶺だった気がする。

権力が暴力性をどう表現し、どう、暴力性を制圧したか。

鉄球作戦の意味

唐突なひらめきに打たれたのは、二〇一四年の二月のことだった。

あさま山荘事件の「鉄球作戦」のインスピレーションは、『東京オリンピック』から来たのではないか⁉

この東京オリンピックとは二〇二〇年に行われるやつではない。一九六四年に開かれたやつである。日本の復興の象徴、東洋で初めてのオリンピック。

市川崑の記録映画『東京オリンピック』は、鉄球で東京を「壊す」シーンからいきなり始まる。オリンピックの前に、東京の街を、壊して、創り直すのである。そこに登場するのが、ゆらゆらと揺れてコンクリートのビルを打つ、大きな鉄球である。

その冒頭シーンは、今見ても衝撃的である。衝撃音もすごく、爆撃された街が、轟沈するような響きである。灰色の塵芥が舞い、ランニング姿の労働者が何かを不安げに見、子供は耳をふさぐ。カメラが写さないところには、広い空き地と土管もあったのだろう。かつてない、新しい施設と街とその配管インフラと。一九四五年に戦争が終わって、それなりに暮らしが戻っていた街を、「近代オリンピックにふさわしく」ふたたび壊して改造することから始まるのが『東京オリンピック』という優れた記録映画だった。このシーンだけでも、今なお見る価値が十分にある。

そして、あさま山荘事件で、警察が打開策として持ち出したのが、まさにこうした解体用の鉄球であった。

こういう認識を持ってみるまで考えたことがなかったのだが、「ライフルを何丁か持って人質をとり立て籠もった武装ゲリラの制圧のために、建物に鉄球をあててその建物を壊す」というのは、かなり異様な作戦ではないだろうか？　ゲリラ戦の戦術としては、ありえない、という感じがする。リスクと不確定要素が多すぎ、確度が低すぎる。準備に時間がかかるため、相手に気づかれて行動されやすい。確度が低いとは、人質を害するリスクが高いということでもある。

「将を射んとせば先ず馬を射よ」では、ないのだ。ゲリラは、人知れずピンポイントで最小の被害で制圧するのが最良の策ではないだろうか。

そのうえ、作戦的には失敗だったと言われ、中断を余儀なくされている。ゲリラを攻撃することもできず、二階と三階の間の階段を分断しただけにとどまった。まあ、ゲリラに攻撃を加えられたとして人質も害したらどうするのかとか、素朴な疑問として人の山荘を国家権力が壊していいのかとか、突っ込みどころは満載である。

にもかかわらず、これは「最もよく記憶された」「人気のあった」作戦だったのではないか？

後年『プロジェクトX』であさま山荘事件が特集されたときも、いちばん感動的に描かれたのがこの作戦だった。二人の民間人の兄弟が、志願したという点も含めて。

今調べて、対ゲリラ戦の作戦として、肯定的な評価はあまり見つけられない。が、これは、ある意味で大成功だったのではないか。

あれは、見せるためにこそ、あったのではないだろうか。

私には、連合赤軍という最後の表立った暴力抵抗が、東京オリンピックを始めるのと同じやり方で制圧されたのが、興味深い。やっぱり、ゲリラのあんな制圧法なんて、ありえない‼

あれはひとつの見世物だった。そう言ってみたい。初めてテレビで生中継された凶悪事件。

権力者の暴力が「悪くなく見え」、かつ「見る者をスカッとさせる」という意味では、非常にうまい方法だったと思う。

そして社会が同じ想像力から出られなくなっていくスパイラルが始まったように、感じる。スクラップ&ビルドを繰り返すしかない街、国土。人目につかないところへと潜り、陰湿になっていく暴力……。

「幸福な」占領期

今一度、ジョン・ダワーの『敗北を抱きしめて』の話をしてみたい。

ジョン・ダワーの占領期研究の鮮やかさは、まずそのタイトルに込められた視点にあったと思う。『抱きしめて』は、原語では“Embracing”という。embrace は、「抱擁する」と訳されたりもするが、「抱きしめる」という日本語よりはずっと、性的なニュアンスが強い。性交の含みさえ、そこにはある。ここにも、翻訳のギャップの問題は横たわる。

しかし、その性的なほどのニュアンスこそは、私が、不思議に思ってきたことだった。日本人は——もちろん私にとって自国民であるけれど——なぜ、昨日までの敵をあんなに愛したのか。

それは、アメリカ人に対しても、良くも悪くも感じる不可解さでもある。「爆弾を落としておいてバンドエイドを投げる」と後に評されるような、残酷さと親切さ。そしてその二者の出会いとして、たしかにそれは、人類史上まれな「幸福な」占領期だった。

この不可思議さは、日本人の研究者によってここまで直截に論じられたことはなかった、と思う。日本人にはしにくかったことだろうとも思う。

二国のどちらも、関係性に性的なニュアンスを感じるというところには、奇跡的な一致があったように感じる。

公式には言われてこなかったこのことを、ほぼ初めて公式に研究した結果として、ダワーの占領期研究は、画期的だったのではないだろうか。

またそれは日本人が、先の大戦に関して、本当は誰をいちばん憎んだか、ということにもかかわってくる。

他人の手で書かれた自分の欲望

日米安全保障条約は、一九五一年九月八日に、サンフランシスコ平和条約の一環として締結された。

サンフランシスコ平和条約は第二次世界大戦の連合国側で共産主義陣営を除く四十九ヵ国と、日本国との平和条約である。サンフランシスコ平和条約の発効をもって日本は主権を回復するから、日米安全保障条約は、占領期の最後の置きみやげとも言える。これにより、占領軍であったアメリカ軍部隊は「在日米軍」となった。現在も沖縄には深く残る問題である。

一九五一年に署名された最初の安保条約は、アメリカの片務的な性質が強いので双務的にすべく交渉をしてきた岸信介首相が改定にこぎつけるも、強行採決など強引な手法が国民の怒りを買った。それが大規模な六〇年安保闘争につながったとされる。また新安保条約の固定期間十年が終わるタイミングでは、ヴェトナム戦争への義憤や権威への反発などを軸に学生などを中心とした新左翼が、七〇年安保闘争を繰り広げたとされる。が、何か理路がずれている気がする。本当に安保の条文が問題だったのか、という違和感がある。

まとめはいろいろな人がしているので、私は原典にあたってみたい。「安保闘争」と言われるが、その肝心の条約の原典はどんなものだったのだろう？　英語の原典を読むのは初めてだった。

五一年の条約は、前文から、うめかされてしまう。

日本国は非武装化されたために自衛という固有の権利を行使するすべを持たない。そのために、と、こう続いていく。

以下、動詞と構造がよくわかるように、英語の語順で訳す。

Japan desires a Security Treaty with the United States of America
日本国は欲する／アメリカ合衆国との間に安全条約を結ぶことを
（安全「保障」条約とは書いていない。）

続いて条文の第一条。文の構造の部分だけを抜粋する。

Japan grants, and the United States of America accepts to dispose United States land, air

and sea forces in and about Japan.
日本国は保証し、アメリカ合衆国はこれを受け容れる／陸、空、海の武力を日本国内と周辺に配置することを。

日本が欲し、アメリカ合衆国にお願いする。
日本が保証し、アメリカ合衆国は受け容れる。
決して、逆では、なく。
それをアメリカ合衆国が、書く。

他人の手で、ありもしない欲望を、自分の欲望として書かれること。まるで「共犯」めいた記述を。入れ子のような支配と被支配性。ほとんど、男女関係のようだと思う。誘うもの、誘発されること。条約にここまで書かれるものなのか。いや、条約とはもともと、関係の写し絵なのか。二者しか知らない直接の占領期の生々しさがここにある。そして、二者にしかわかりがたい、占領期の甘美さも、ここにある（一九六〇年の改定安保条約はこれに比べるとかなりビジネス的であり、最初の安保条約の異色性は際立つ）。それこそ、性愛にたとえられるような。

欲望の根拠

日本にとっては、自分が言いもしない欲望を、他人が明文化し、しかも自分が呑む。これは倒錯的なことだ。そんな倒錯的な条文が、責任の所在がどこまでもクリアな英語で書かれていて、物語の域に達している。こんなに物語的な条文を私は読んだことがない。

そして、この「欲望」自体は、根も葉も無くはない。

アメリカは、朝鮮戦争が始まり、いよいよ日本をアジアの反共産主義の要とする必要に迫られた。一方、サンフランシスコ平和条約で主権を取り戻した日本は、いまだ不安定な世界情勢の中で自国を防衛する力を必要とした。が、首相の吉田茂は、経済復興を第一にするための過渡的な方法として、米軍が駐留し続けることを望んでいた。防衛を米軍に任せられたら、軍事費という大きな出費を節約できるからだ。いわば「打算」。これもまた恋愛的なかけひきではある。

これを「方法」と割り切れるかは、政治家の器量や、そのときの時代背景によるだろう。そして、仮に時の首相が「方法」と割り切ったとしても、一般大衆までがそういう割り切りを共有するかどうかはわからない。情勢が最初の意図されたことからずれていくことは、往々にしてある。またそのヴィジョンを遂行するまで一人の政治家の政治生命や影響力がもたないこともある。吉田のこのヴィジョンは、両方であったようだ。

とにもかくにもこの条約によりアメリカは、「望む数の兵力を望む場所に望む期間だけ駐留させる権利を確保」（ジョン・フォスター・ダレス）した。

この条約により日本は、強い防衛力を比較的安価に持った。

プライドを別にして、見ようによっては双方にそれぞれ得がある。

五一年の安保条約は「片務性」に特色があると言われ、アメリカの義務のみが書かれているとされる。しかしこれは、あくまで経費削減の方便として、したたかに利用しようとするなら、日本に有利だとも言える。もちろん、文言に上下感が強くあっても、実を取る分には。

初期占領期の日本国憲法もそうだが、占領期のアメリカが書いた日本と日米間の法は、他者が書いていながら自己の言葉であり、どこか自己（日本人）の隠された心が反映されてしまっている。だから、今でも日本人の多くが「日本人の願いが憲法第九条に結実しています」とか言う。それは実は嘘、というか中抜きしすぎの理論だと私は思うんだけど、あながち嘘でもない、あながち嘘でもないけど、ぶっちゃけて言えば嘘である、そういう、ぎりぎりなあいまいさが通ってしまう。自他の欲望の境があいまいになるほど、親密なものがある。これを、ある種の「蜜月」と言わずなんと言おう？

再びジョン・ダワーを引くと、「占領者は、異性の身体を撫で回すようにこれを味わった」。

奇跡的な敗戦国

双方が欲望を映しあったかのような条約。

しかし、そもそも、日米はなぜ同じ欲望を分かち合う必然があったのだろう？　本来は、勝者と敗者は、このように睦み合わなくともよい。

ここに影の力、第三の力が存在する。ソヴィエト連邦である。日米のダンスの、真の駆動力はソ連と共産主義だっただろう。

ソ連と、ソ連とアメリカとの冷戦がなければ、日本の戦後は、よりひどいことも含めて、こうではなかったはずである。

ジョン・ダワーの占領期研究が少し物足りないのは、この物言わぬ「第三のプレイヤー」の存在に対する目配りが少ないことである。

私はかねがね、不思議に思っていたことがあった。

安保闘争や学生運動が、なぜ、共産主義と共産主義革命イデオロギーとすぐに結びついたのか？　ということ。

また、二十世紀に世界で起きた革命はなぜみな、共産主義革命なのか？　ということ。

フランス革命のような市民革命は起きていない。マルクスは、市民革命の次に共産主義革命が起きると言ったが、そうではなかった。ヴェトナムなども考えてみれば共産主義革命である必然はなく、原理から言えばヴェトナムの「民族解放主義」は共産主義のインターナショナリズムとは相性はよくない。

なのに共産主義革命ばかりが起きた。共産主義がそれほどまでにポピュラーだったことは、今からは想像がしにくい。

その疑問を、七〇年安保闘争のある当事者に訊いてみた。

「それ以上に強力な反体制の選択肢がなかったのでしょう」

と彼が言った後、私たちはやりとりを少しした。そののち、彼が最後に、こう言った。

「もっと大枠でいうと二十世紀というのがロシア革命の衝撃からはじまったということだと思います」

そうだったのか!!

「資本主義対共産主義の対決という構図のなかですべてが規定されてきて、その構図の最大の犠牲が朝鮮半島ですが、ソ連、中国とアメリカにはさまれた日本もそれに翻弄され、また安保という傘で守られたとも言えます」

安保という傘。それは、より大きな図では、核の傘でもある。

地球をすっぽり覆うほどの、地球を何度か滅ぼせたほどの、拮抗するふたつの核の傘。

皮肉にも、日本がいちばん平和だった頃とは、そういう時代だった。それが、世界で唯一の被爆国の、戦後の現実だった。

核の下の平和

私は、比較的おだやかだった自分の幼年期を想起するとき、あの高圧感電事故を起こした鉄塔を見上げる自分を思い出す。惨事なのに奇妙にのどかであったあの風景を。核の下の平和とは、まさにあのようなことだったのではないかと。そして、「アトミックサンシャインの下で日向ぼっこをしていましたよ」という、日本国憲法作成のときにコートニー・ホイットニーが通訳の白洲次郎に言ったという言葉を、思い出してしまう。

それは、原子爆弾を想起させて敗戦国に君臨する、実にスマートで嫌な脅し文句だったのだが。

実際になんと言ったのか調べてみたところ、

"We have been enjoying your atomic sunshine"

だったらしい。「あなた方の原子的太陽を楽しんでいたところですよ」というところが、なんともいえず、すごい。敵ながら、なんて洒落たことを言うものなのか。そのときの笑顔を、想像できてしまう。きっと屈辱を感じさせながらも、実に魅力的な笑みだったろう。

日本は奇跡的な敗戦国だった。原爆を落とされながら、無条件降伏をしながら、要所要所に笑顔の恫喝を受けながら、その後、世界のその他の地域で進行することになる冷戦の悲惨に巻き込まれていない。それどころか、冷戦構造があって、そこで、ソ連と中国の傍らにぽつんとある島国日本は、得をした。

自分たちの上の、二大勢力の脅し合いが拮抗していたとき、日本の空は、拮抗そのままに奇跡的に凪いでいた。たとえ、その他の世界が嵐だったとしても。

そしてものごとは今よりシンプルだった。世界の片方をアメリカが「一括管理」していた。もう片方と日本とは、関係がなかった。

それもまた、逆説的だが「日本の平和」だった。

「グローバリゼーション」という新種の脅威を日本人が体感として持つようになるのは、

ソ連崩壊後のことだと私は思っている。その意味は「いろいろな外国と個別交渉しなければならなくなった時代の大変さ」だ。

そして原子力発電は、現在もそんな世界の中で、日本の輸出品目のひとつである。

六〇年安保闘争——「国民の〝戦争裁判〟」の側面

調べてみると、六〇年安保闘争と七〇年安保闘争は、「安保闘争」という名前が同じだけで、ほとんど別物ではなかったかと思えてくる。それは驚くくらいに。別種の人たちによって担われ、ちがうものに向けられた、ちがうエネルギーではなかったかと、思えてくる。

名前が同じだとうっかり見過ごすのだが、両者は、担った人々がまるでちがう。

六〇年安保闘争を担ったのは、第二次世界大戦後を生身でくぐった人たちだった。

七〇年安保闘争を担ったのは、戦争が終わってどっと生まれたベビーブーマーたちだった（「団塊の世代《ベビーブーマー》」も、なまじ漢字を当てはめたためにわかりにくくなっている言葉だ。私は二十代まで「だんこんのせだい」と読んでいた。団も塊も「かたまり」の意であるが、考えてみればずいぶん失礼なタームではないだろうか）。

戦争をはさんだら、それは人の種類がちがうと思ったほうがいい。

六〇年安保闘争は、「占領」と「アメリカが日本を従属させる」色が濃かった五一年の日米安全保障条約を、日本側が対等に近づけようとする努力が、六〇年の条約見直しポイントに向かって、「安保改定」という日本側の動きから出てきたことがきっかけ。

と、言われている。

……でも、そうだろうか。

六〇年安保闘争は、「昭和史のなかでもっとも多くの人々を突き動かした」運動だと、保阪正康『六〇年安保闘争の真実』の裏表紙にはある。それは米軍基地に対する住民の反対運動（しかも勝った）、政府への不信感を表した市民運動（しかも時の首相を退陣に追い込んだ）、労働争議、民主主義とは何かという問い、などなど多彩な面を含んだ、膨大な人数とエネルギーの運動だったが、安保改定案への国民の不満そのものが、きっかけだとは、見えない。

それを言う前に、安保改定案が日本政府からどのように出されてきたかを、追ってみたい。

五一年の安保条約を結んだ吉田茂が、「条約上で立場が対等であろうがなかろうが、アメリカを徹底的に利用して軍事コストを抑え、日本が復興を果たすまでは軍事力よりも経済力で、自由主義陣営の一角として貢献すべきだ」と考えていたのは、前に述べた通り。

それに対し、

「一方の陣営にだけかかわることがアジアを再び戦火に巻き込まないかという疑い」

「あたかも日本が頼んだかのように書かれるのは、という拒否感」

「条約には内乱にまで米軍が出動するという規定があるが、それは民族の自負にかかわるという意見」

などが出てきて、それらが、

「アジアに反共軍事国家をつくり、そのうえでアメリカと対等に、対ソ、対中国への強い外交姿勢を貫く」

という、一九五七年の岸信介首相の方針になっていく。

だが、世論は実は、こうしたことへの賛成反対ではぜんぜん盛り上がっていなかった。盛り上がりは、岸信介が警察官職務執行法の改定法案を出したとき、一気にやってくる。個人に対する警察の権限を強化し、ひいては民主主義を「生ぬるい自由」と見るような岸が、人々に脅威と映った。

六〇年安保闘争とは、結局のところ、条約改定の内容より、誰がどういう姿勢でそれを出したか、ということが問題だったのではないだろうか。もっと言えば、岸信介が首相であり、そのやり方が、戦前と戦中を彷彿とさせるということが。

六〇年安保闘争のある当事者男性が、私に話してくれたことがある。六〇年当時、二十歳の大学生だった。

「自分たちは、終戦の翌年の一九四六年に小学校一年で、アメリカン・デモクラシーの純粋培養世代にあたるんですね。我々の世代は、誰しも、父親や母親に、『なぜ戦争を止めなかったのか』と詰め寄ったことが一度はある。それで親子喧嘩をするのが通過儀礼みたいなものだったんだ。それで岸が首相として出てきたときに、耐え難い不潔感を感じた」

岸信介は、戦前と戦中の東條内閣で大臣を務め、自らもA級戦犯の容疑者として巣鴨プリズンに収監されていた人物である。

一方、私は、この当事者が「アメリカン・デモクラシー」とさらっと口にしたのに注目してしまう。のっけから、自分たちの安保闘争は「反米感情」ではなかった、と言っているのと同じだからである。

「アメリカン・デモクラシー」。

この人の言ったことを私は反芻してしまう。ただの民主主義ではない、アメリカの民主主義、というのは不思議に聞こえる。が、たしかに日本では、自分たちを占領したアメリカによってしか、民主主義は成らなかった。それを小学校一年生でシャワーのように浴びた子供たちは、長じて、安保の内容やその改定に対しては怒らなかった。

彼らには、誰が、安保改定を、どういう意図で、どういう手続きで、行おうとしているかが怒りの対象だった。

彼らの怒りは、首相の岸信介に向けられ、それはさながら、「国民の〝戦争裁判〟」（保阪正康）だった。

考えてみれば、勝者が敗者を裁く東京裁判はあったが、国民が間違った指導者を弾劾する「人民《ピープル》による裁き」は、日本の戦後にはなかったのだ。間違った指導者の像を引き倒す、写真や肖像を燃やすなどのパフォーマンスさえ日本にはなかった。それは、一度は表現されなければならないことだっただろう。

その意味で、六〇年安保闘争は、「戦後の日本が一度は通過しなければならない儀式だった」という保阪正康の言葉にはうなずけるものがある。

ただ、岸信介とて独裁者ではない。政権与党の首のひとつである。だから厄介なのだとも言えはしないだろうか。岸を倒しても、システム自体は続く。

岸を倒した後、「六〇年安保闘争」は沈静化する。そして、代わった池田勇人首相の「所得倍増計画」へと、国民は一気に向くことになる。

七〇年安保闘争——暴力への感受性の鈍化

七〇年安保闘争は、追いつめられた運動当事者、連合赤軍が、軽井沢のあさま山荘に管理人の妻を人質にとってたてこもり、それが警察に鎮圧されることで、ほぼすべて終わった。

しかし、彼らの息の根を本当に止めたのは、どちらかと言えば彼ら自身の内側にあった問題だった。あさま山荘事件後、連合赤軍が内ゲバ（リンチ）で十四人もの仲間殺しをしていたことが明るみに出て、それにより戦後新左翼運動は支持を失くした。

その終わりの記憶の悪さから、学生運動全体がまるで戦後の黒歴史のように扱われている。が、検証しなおされていいと私自身は思っている。

それは、私たちの性質にかかわる問題のような気がするからだ。

いや、だからこそ、忘れたいと思われたのかもしれない。

前出の六〇年安保闘争当事者によれば、七〇年安保世代の特徴は、最初から武器を帯びていたことである。

それは私も不思議に思うことだった。彼らを見るに、最初からゲバ棒とヘルメットで武装していたのだ。ジャージと運動靴でデモに参加するのが一般的だった六〇年の当事者学生には、それが強い違和感だったと言う。

いわく、

「暴力への感受性が、どうしてあんなに鈍っているのかわからない」

言われてみれば、たしかに。何十丁かのライフル銃や爆弾で、戦争ができると思っている見通しの甘さ。暴力への感受性は、鈍い。

そういえば、七〇年安保闘争の最後に記憶される有名な「連合赤軍」、彼らはなぜ、「軍」と自称したのだろう?

暴力へのはじめからの距離の近さは、やはり少し不可解なものがある。

前出の七〇年安保闘争当事者（私にロシア革命の話をしてくれた人）の言葉を借りよう。

「六〇年は安保というシングルイシューの闘争でしたが、七〇年はベトナム、沖縄、大学などいろいろな課題が錯綜していました。また六〇年は日本一国の話でしたが、七〇年というか六八年は世界的同時性があります。六〇年安保をリードしたのは東大など一流大学生です。その点、七〇年ははるかに大衆的です。また六〇年は反戦しかなかったけど、七〇年には赤軍派のように戦争しようという主張もあらわれてます。六〇年はたしかに直前の戦争や朝鮮戦争の記憶が濃厚でしたが、七〇年はベトナムから伝わる戦争があった。そういう違いもあります」

ああ、赤軍派は、最初から戦争をしようと思っていたのか。だから「軍」と名乗ったのか。

しかし、他のセクトも武力闘争には近しいものを感じていたに違いない。最初から武装しているのだから。

七〇年安保闘争の当事者たちがなぜ、最初から暴力を肯定していたか、本当のところはわからない。

考えられる理由は、戦争がリアルタイムであり、それと連動した「革命的気運」も世界同時多発だったこと。その世代にはとにかく人数が多かったこと。ゆえに人口密度の高さからもともと苛立ちをまとっていたかもしれないこと。

七〇年安保闘争も、直接のきっかけは、安全保障条約の内容とはあまり関係がない。しかし今度はメンタリティが「反米」ではある。アメリカのヴェトナム戦争への反発に端を発しているから。

しかし、「世界同時多発」だった六八年から七〇年にかけての世界規模のベビーブーマー世代の異議申立ても、日本にはまた特殊な事情がある。

日本の若者だけの特殊事情とは、彼らはヴェトナム戦争に反対しながら、ヴェトナム戦争で漁夫の利を得ている国の子供たちであるということである。

ヴェトナム戦争も、五〇年代の朝鮮戦争同様、日本には特需という名の経済的恩恵をもたらした。

つまり、日本の子供たちは、独特の引き裂かれ方をする。

それは自己嫌悪にもつながり、「自己否定論」という独特の立脚点を持つことになる。

しかし、それはどういうことだろう？　存在の根拠自体が、「自己否定」であるということは。

自己否定に始まるものは、自滅で終わるのではないだろうか？

そして、果たしてそうなったとも言える。

日本独特のよじれを呑み込んだ彼らの葛藤は、結末とは別に、私には理解可能なものである。

右派左派ともに「内向きの暴力」で終わる

一九七〇年から七二年くらいにかけての七〇年安保闘争周辺では、日本では「戦後の総決算」とも言うべきことが起きた。

七〇年十一月に、三島事件。世界的な作家三島由紀夫と彼の右翼結社楯の会が自衛隊の市ヶ谷駐屯地で、自衛隊員たちの決起を促すも、果たせず自決する。

戦後もグアム島に残り続けた元大日本帝国陸軍兵士、横井庄一が帰ってくる。

ニクソンが電撃訪中。

アメリカからの沖縄返還。

田中角栄が日中国交正常化。


不思議なのは、七〇年前後の武力を用いた「総決算」では、右派左派ともに、「内向きの暴力」で終わる、ということだ。

三島由紀夫と連合赤軍。

自殺と仲間殺しはもちろんちがう。

けれど、自殺と仲間殺しこそ、大日本帝国軍が最後に残した評判の、ふたつの側面ではなかったかと、思ってみる。世界を震撼《テリファイ》させた、帝国軍のふたつの質。それは、「玉砕」と「特攻」ではなかったか、と。それは、自暴自棄のふたつの貌《かお》だったのではと。

安保闘争を語ることは、六〇年にしろ七〇年にしろ、不思議と、安保条約を語ることとはならず、なぜか直前の戦争を語ることになってしまう。

もし、六〇年安保闘争があの戦争へのアンチで、七〇年安保闘争があの戦争との相似だとしたら。

それゆえに、特に七〇年安保闘争には忘れられたい何かがあったのだと思う。ただ敗北した、という事実とは別次元にある何か。

私が大日本帝国軍を見るときいちばん傷つくのは、南京大虐殺でも七三一部隊の生体解剖でも従軍慰安婦でもない。

それらの所業があったかどうかとだけ問われれば、あっただろう。しかし、最も傷つくのはそれがあったことではなく、たとえば「南京を陥落させる意味が誰かにわかっていたのか？」ということ。

大日本帝国軍は大局的な作戦を立てず、希望的観測に基づき戦略を立て（同盟国のナチス・ドイツが勝つことを前提として、とか）、陸海軍統合作戦本部を持たず、嘘の大本営発表を報道し、国際法の遵守を現場に徹底させず、多くの戦線で戦死者より餓死者と病死者を多く出し、命令で自爆攻撃を行わせた、世界で唯一の正規軍なのである。

私が問いたいことはこうだ。

それは、正規軍と言える質だったのだろうか？

この問いに直面するとき、日本人として、本当に傷つく。本当に恐ろしくなる。

そして、六〇年安保闘争の直後に「所得倍増計画」が打ち出され国民が一斉にそちらを向いたように、七〇年安保闘争の直後にも、田中角栄の「列島改造論」が出て、国民は一斉にそちらを向いた。

政治の季節の後には大掛かりでキャッチーな経済政策が打ち出され、その都度、国民は経済の方を選んだ。戦争より政治より闘争より、わかりやすくて万国共通そうに見える「数字」に、夢中になったのである。

第5章　一九八〇年の断絶

テレビドラマがすくい取った時代の欲望

この本の遠い祖先は、私が二〇〇九年から『週刊新潮』で一年間連載したコラム「テレビの穴」である。テレビ（ないしその時代の大衆的なメディア）のドラマや報道には、時代の欲望が、速く浅くすくい取られる。「どういうことが起きているか」より「人々は一体何を見たがっているのか」が、テレビを見るとよくわかる。テレビは欲求を映し、またそれにより人は欲求を誘導されもする。

近代日本文化史の研究者である鈴木貴宇《たかね》は、戦後の超人気ラジオドラマ『君の名は』を、親や親族から離れてカップルだけで世帯を持つ核家族化への欲求であり、それへの誘導であったとする。『君の名は』の主人公たちには、戦争によって「都合よく」係累がいない。そして恋愛によって二人だけの世界をつくって郊外へと行く。ロマンティック・ラブ神話と郊外化の始まりである。

戦争で係累をなくすことは、戦後の表現作品において三通りに変奏されたように私には感じられる。

ひとつは、今言った「恋愛オンリーもの」、これは八〇年代に流行した「トレンディドラマ」を用意する。

二つ目は「任侠もの（ヤクザ映画）」。孤児や浮浪児が大量に出ても、政府はまともな政策を打たなかった。しかし見ないふりをすれば孤児がいなくなるわけではない。彼らはどこかで肩を寄せ合う必要があった。それが「義兄弟の契り」などという、家族を模した裏集団と、そういう絆への「わかる」というシンパシーだったのではないか。

三つ目は、子供向けのアニメなどに見られた「みなしごもの」である。七〇年代の漫画やアニメには、みなしごが主人公のものが数多くあった。それのいちばん有名な例は『タイガーマスク』だろう。みなしごが悪のプロレス養成機関に育てられるが正しいほうへと転向し、稼いだお金を孤児院に匿名で寄付し続ける、という話だ。それの模倣犯（？）が、近年でもいる。「タイガーマスク」の名で孤児院や児童施設に、お金やランドセルなどを寄付するのである。

ガッチャマンの世界設定

あるいは、『科学忍者隊ガッチャマン』というタツノコプロのアニメ作品。これは私が子供の頃も今もおそらくいちばん好きなアニメで、アニメ史的にも、絵柄やメカデザインなど画期的な作品である。だが、今思うと設定とストーリーにちょっとびっくりするところがある。

そのびっくりに気づいたのは二十代で見返したとき。科学忍者隊がメインに乗る戦闘機には、ほとんど武器がない。そのとき私は「本当に『忍者』なんだ！」と遅まきながらさとったのである。彼らは、潜入と工作で敵を内から破壊しようとする「忍者」で、必要とあらば白兵戦をし、刃物や小型爆弾などは携帯するが、破壊力の大きい武器はミサイル一種類くらいしか装備がない。「火の鳥」という神秘的な技があるにはあるが、それは、捨て身の攻撃もしくは緊急脱出用であり、行うとひどく消耗する。

さらに面白いことに、男四人女一人の少年少女からなる科学忍者隊は、一人を除いてみなしごで、擬似家族のように寄り合って暮らし、天才科学者南部博士のもとで、地球の平和を守るために働いて（働かされて？）いる。科学忍者隊を、陰に日向に助ける謎の存在にレッドインパルスという謎の戦闘機集団がいるが、その隊長は、実は主人公ケンの生き別れた父親である。が、地球のために戦う息子の士気を削ぐまいとしてか、名乗らない。親子の名乗りを上げるのは、レッドインパルスの隊長が、地球の決定的危機を救うために自己犠牲的な自爆ミッションに出る時である……。

「みなしご」「擬似家族（任俠道に通じる）」「持たざる者の戦い」「捨て身の攻撃」「特攻」と、先の大戦の負の要素と遺産をすべて、昇華するかの作品であった。これも一九七二年に放映が始まった。

若い男女の恋愛ばっかりに

これらのうち、八〇年代まではおおむねなくなる「ヤクザ映画」と「みなしごもの」。これらは表裏の関係だろう。

これらがなくなってから、もうひとつのストリーム「恋愛至上主義」がテレビドラマの前面に出る。いわゆる「トレンディドラマ」である。

「トレンディドラマ」は、若い男女の恋愛至上主義ドラマだった。そこには、親もいなければ、子供もいない。「24時間好きって言って」(『東京ラブストーリー』)という有名な台詞が象徴していると思うのだ。そこには若い男女の恋愛以外のなにものもない。日本人は、一時代、そういう巨大な欲求を持った。

「恋愛至上主義ドラマ」は、一時期、他のほとんどのドラマジャンルを圧迫した。二〇〇〇年代に入って返り咲いた感のある刑事ものも例外ではない。

しかし「恋愛オンリー」は飽きてくる、人の自然な性向として。そしてそのジャンルは皮肉にも「恋愛に親族との葛藤がもれなくついてくる」韓国製のドラマの流行が始まると、その葛藤ダイナミズムの前に駆逐されてしまった。

二〇一四年現在にテレビドラマを見回すと、「刑事もの」と「医療もの」ばかり目につくが、それらは恋愛ものと対極にあるように見えて、日本のドラマが、「何かの要素を排除した」つくりの方に慣れていると見るべきかもしれない。これは、日本社会に全般的にある傾向かもしれず、だからこそ、日本は、アメリカの一極支配の時代が心地よかったのかもしれない。

日本政府はずっと自由主義的だった

戦後日本の首相は大きく分けて二タイプで、ひとつは池田勇人や田中角栄に代表される大規模公共事業型の系譜。

もうひとつは中曽根康弘、小泉純一郎、安倍晋三に代表されるアメリカ流自由主義（市場開放至上主義）型の系譜。

前者を「大きな政府」、後者を「小さな政府」としてみると、相反するようだが、これらが相補的に両輪となって戦後が進んだ感がある。これらを合わせた「戦後政治」が、政治闘争や社会運動が七〇年代を境に衰退していくにつれ抑制されなくなる。そしておよそ八〇年代から、日本政府は新自由主義色が強く感じられてくる。

が、ふと思う、日本政府が自由主義的でなかったことなど、あったかと。

日本政府が弱者に「自己責任」と言わなかったことが、あったかと。

これが隠されていたのは日本企業の業績がよかった頃であり、「日本社会はかつて優しかった」とか「昭和はあたたかかった」などと言う人もいるが、優しかったり家族的あたたかさがあったりしたのはおそらく日本企業であって、日本政府では、ない。

こんなふうに思ったきっかけは、戦災孤児はどこへ行ったのだろう？ とあるとき疑問を持ったことだ。たとえば、単独空襲として史上最大の民間人犠牲を出した東京大空襲では、知られているだけで八万人は死んでいる。孤児も相当数出たはずだ。彼らはどうしたのか？ いなくなるはずがない。その子が孤児になったことは一生変わらない。でも見たことがない。聞いたことがほとんどない。どう生き延びたのだろう？ 政府は何か有効な政策をとったのだろうか？ 戦災孤児たちは補償されたのだろうか？

政府はどうやら有効な政策をとらなかった。調べるうち「浮浪児狩り」という言葉に突き当たった。なんということだろう、政府は彼らを浮浪児として「狩り」、おそらくは民間施設に預け、面倒を見なかった。究極の弱者切り捨て。自分たちが戦争をしてその無策によって本土への蹂躙を許したのに、孤児になったのもそこから生き延びるのも「自己責任」と言わんばかりの。

孤児たちのいくらかは、運に恵まれ、職を得たり、家族をつくることなどもできたかもしれない。しかし、それは純粋に個人の運と努力と才能にかかっていた。なんだか、アメリカン・ドリームのモットーそのままみたいで胸が悪くなる。

大規模公共事業型の行政が行われていたときでさえ、政府は、軍事を米軍に、福祉を企業と家庭に任せていた。ここには自由主義的な側面が包括されていたかもしれない。

先の七〇年安保当事者男性と対話をしていて、あることに気づかされ、愕然とした。中曽根のとった自由主義政策の有名なものは、日米の貿易黒字「解消」のための市場開放と円高誘導（プラザ合意、一九八五年）、国鉄分割民営化（一九八七年）、おまけで（？）電電公社民営化。だが、国鉄分割民営化の影響を、今とつなげることが私にはできていなかった。

国鉄分割民営化の真の目的は、社会主義運動をつぶすことにあった。

それで今、若者の雇用問題や派遣社員問題やワーキングプア問題、ブラック企業……など様々な労働問題が起きても、対抗する労働者側の勢力は、ないのだ。

まず敵をつぶしてから、自由主義路線は粛々と継承された。小泉純一郎が郵政民営化を叫んだとき、自由主義路線が拡大されていく真の着地点は、まだ多くの人にわかっていなかった。そしてそれが過酷に感じられ始めたとき、それに対抗できる労働組合的勢力は、もはや日本社会に存在しなかったのである。

こうしてこの社会は、集金機能としては、可能な限りの効率のよさが実現されつつある。しかし、その内側では人が活力をなくしていく。集金システムとして見ればほんとうにいい出来なのだが、人がその中で生きにくい。システムが生き残って人が殺される。そうしたら集金もできないのにね……なんだか、繰り返し見る構図だ。

そして私がこれを書いている二〇一四年、私たちは、自民党政治に対して、野党さえ機能しないとはどういうことかを、見ている。

しかしわからないのは、中曽根、小泉、安倍は自民党の中でも最も強硬なアメリカ流自由主義者なのに、この三人こそ、最も右翼的であり、靖国参拝で物議をかもした三人だということ。対米追従路線を貫きながら、プライドだけは、アメリカを敵に回そうと主張する、というような。

日本の歴史には、いつもこういうわけのわからなさがつきまとって、近い歴史でも読み解くのをむずかしくする。安保条約改定に反対する者たちが、メンタリティは親米だったりしたのとも、少し似たよじれである。

一九八〇年の決定的な地殻変動

こともなく平和に過ぎたかに見える時代に、じつはある社会の決定的な地殻変動が起きていた。

そんなことが、ある気がする。

いや、じじつ、地殻の変動も社会変動も、そのようなものではないだろうか。変化が人の目に見え、身に感じられるようになった時には、それはすでに動きの結果であって変動そのものではないのではないだろうか。

私が感じるそういう年は一九八〇年で、どうもこの年に、現在の日本社会の直近の雛形ができるまでの変動が、始動した気がしてならない。

むろん、それは後から気づくことだ。

一九八〇年はまだ、プラザ合意もバブルも知らない。が、ネオリベラリズムや、「草食系」男子、「婚活」（つまりはＩＴ時代の大規模見合？）にまで先祖返りする女子の恋愛とキャリアと結婚願望の相関関係、などなど、現在の一見つながりようのないものたちが、手に手をとって動き始めたのが、この年だったように思えてならない。

岡崎京子と鷺沢萠

一九八〇年に何か決定的な変動が始まったのではないか？

この直観自体は前からあった。が、それをあらためて考えたきっかけは、小説『東京プリズン』にまつわる仕事だった。

文芸誌『文藝』（河出書房新社）で、単行本の刊行に合わせて私の特集（二〇一二年秋号）が組まれることになり、その相談を編集部としていたときだ。

「女性の作家で対談したい人はいませんか？」

と訊かれた。

不意に胸を突かれる思いがした。

話してみたい女性の作家と言えば、二人いた。二人とも、ほぼ同時代を生きた女性だった。だけれど、どちらも、現在話すことは叶わない。そうなってから何年もが経つ。四十歳前後という当時の年齢からすると、いささか異常事態だ。

一人は漫画家の岡崎京子。

もう一人は小説家の鷺沢萠。

岡崎京子は、マテリアリズムへとまっしぐらに突き進む時代やその欲望を暴力的なまでに描ききって、一九八〇年代から九〇年代を代表するクリエイターである。そして日本で最も次作を待たれる作家の一人と言って間違いない。その登場人物たちの過剰適応ぶりや、ときに仮面適応ぶりや、ハイパーな空疎感。あるいは、浮遊感。それらは、時代感覚であると同時に普遍的なものであると私は信じる。一九九六年に自宅近くで交通事故に遭い、その重い後遺症から現在も療養中であると伝えられる。

鷺沢萠は、学生時代からバブル期の華やかさを一種体現するような人でありながら、実際はバブルの影の中をこそ生きた人だと、私自身は勝手に思っている。女子大生ブーム時代の女子大生であり、その側面をもきっちり生きつつ、当時の大学生のパーティ文化などもこなしつつ、その足跡を小説に残しながら、素顔は博打打ちだったり大酒飲みだったりする無頼派。

私が彼女に親しみを感じた最初は、人づてに聞いた彼女の実家の感じが私のそれと似ていたことで、要するに、バブル期に倒産した中小企業経営者の娘だった。そして、愛着のある土地家屋と引き離される経験を、学生時代にしている。これも私と同じだ。

バブル期に倒産した人、その以前の円高で倒産した人、そのために家を手放したり一家離散になったりした人や家族は、実は多いはずだ。しかし不思議なほどに、話を聞かない。だから鷺沢萠は、勝手に私の「都会の片隅の同類」だった。いつか会いたいと思う人だった。そんな鷺沢萠は二〇〇四年に自宅で自殺した。理由は知られていない。

八〇年代の異常さ

この二人の女性作家を思うとき、「八〇年代を生き延びられなかったのだ」という思いを私は持ってしまう。

勝手な思いであるのは知っている。事故と自殺と、生の側と死の側、いっしょくたにできないことがあるのも重々承知している。それでも、そういう思いがよぎる。ある端的な人物たちが、その時代のことも今のことも、今は語れない状態にある。

それに、二人を見舞った過酷な運命は、八〇年代とは離れている、という批判もあるだろう。

だが、ある時代のくくりの、区切りで死ぬのは女性ではない。それは不思議と、男性なのである。私の父が、会社を倒産させてすぐ死んでしまったように。

八〇年代。都市は大きくなりすぎ、土地は高くなりすぎ、ゆえに通勤時間は体の許容力を大きく超え、地縁も絆も断ち切られ、人はマネーを追いかけるがマネーは人も物も追い越してふくらみ、情報もまた、人の追いつけるものではなくなっていった。

そしてその中やそのあとに生まれ育った者たちは、そうでなかった世界を想像することさえむずかしい。断絶が生まれる。

「八〇年代の記憶がないんですよ私」と、私はたまに人に話すことがあった。私としては強烈な劣等感である。が、そのとき、同年代や上の世代の人が、少なからぬ確率で「それはラッキーでしたね」と返してくることがあった。まるで私がそのために護られていた、というように。

ある年代から上の人間には、八〇年代の過酷さや変動の激しさが、わかっているのである。しかしそれをいくら説明しても、下の世代に通じないだろうと思うとき私は、一九六八年ころから七〇年ころにかけてあった学生運動が、私にはきれいさっぱりわからなかったのと同じ感じがして、めまいをおぼえる。

八〇年代。特にその後半は、かなりの異常な時代ではなかったろうか。

八〇年代。九〇年代がそれとの対比で「失われた十年」と言われてしまうほどの、高度経済成長の最後に咲いた華。

バブルが「夢よもう一度」のように言われるとき、「金を積まれてもあんな時代はまっぴら御免だ」と思ってしまう。

そしてそのはじまりが、まだ七〇年代の尻尾を引きずっていた一九八〇年に、はじまった。

と、私は思う。

おそらくは日本が開闢《かいびゃく》以来いちばん平和であった、つかの間の、ひとときに。

一九八〇年の断絶

一九八〇年に、「何か」が変わった。

と直観する。

とはいえ、私は一九八〇年の日本を知らない。

その一年間、アメリカにいたからだ。

しかし、その全き不在と外からの目こそが、私にその年の何かを嗅ぎ取らせている気がする。

その一年間、外にいて、帰ってきてみると、自分が変わってしまったのもさることながら、周りが変わっていた。それが並の変わりようではないように、感じられた。社会に、歴史に、断絶があった。一九八〇年の、前と後が違う。そしてそのギャップが、すでにおおかた乗り越えられていたばかりか、きれいに塗り込められていた。そんな感じ。並の変わりようではないのに、きれいになめされていた。

なんだろうその感じ?

暴力の残り香、そして戦争の残照のようなものが、八一年にはきれいになくなっていた。

漫才ブーム

一九八〇年の「それ」に立ち会っていないために、私には八〇年代全体がわからないのだろうと思うことが、いくつかある。

そしてそれらが、「戦後」の世界と「その後」の世界をつなぐミッシングリンクのように感じられるのは、私がそこにいなかったからというだけでは、ない気がする。

そのひとつが、漫才ブームだ。

アメリカの辺境の地にいて、娯楽はラジオくらいという生活をしていて、あるとき日本の「中学浪人時代」みたいな時代につきあっていた大学生の友人たちからカセット・レターが届いて（カセットテープよカセットテープ、でもカセットテープには今でもファンがいて、たとえばフロッピーディスクは影も形もないのはなぜだろう？）、東京の人たちなのに、そして雑誌『ＰＯＰＥＹＥ』の喧伝する根拠のないウエストコーストが好き、みたいな人たちだったのに、なぜか下手な関西弁で掛け合いをしていて、「日本は今、漫才ブームなのだ」と言う。

はい？

「漫才ブーム」というものが、ちっともイメージできなかった。

漫才、漫談……。アメリカのハイスクール一年の私には、そんなものが今さら流行るとは、ぜんぜん思えなかった。年長の友人たちのうそ寒いもの真似の中に、ボケとツッコミを見てとるなんてことも、もちろんできなかった。まるで荒野の心象風景だった。

この「漫才ブーム」こそが、現在も隆盛し飽和を超えてもなお増殖する「お笑い芸人」の、直接の祖先である。

何かが、起こっていた。

お笑いタレント

「お笑い」や「お笑いタレント」とはなんだろうと思うとき、それはコメディではなくコメディアンでもなく、「場の調停者」「場の仕切り屋」である、という言葉が浮かぶ。場を仕切ったり、なごませたり、そういう役目をする人たちが、お笑いタレントなのだ。

それも、異質なものが出逢う場所の調停者ではなく、同質集団内部の調停者である。だから、お笑い芸人（ひな壇芸人）が会するバラエティを見ているとよく、閉鎖集団のいじめを見る気持ちになるのだ。

ヤクザとのつきあいがとりざたされテレビを干された島田紳助は、ヤクザとのつきあいよりも、公共の電波でパワーハラスメントを公然と見せていたことのほうが、ずっと問題だっただろう。

そんなお笑いタレントたちが男子の成功例として文化の表面に現れたのが、一九八〇年であり、第一期漫才ブームで出てきた人材である。

男の力が「内部集団」に向かうようになった始まりとして、一九八〇年には、現在に至る文化的な地殻変動があったのではないかと私は推測する。

私はその年を日本の外で過ごしたので、推測なのだが、その前後を見てそこだけ見ていないから、間違い探しのように何かが浮き出て見える感じがする。

断絶ティーン

一九八〇年を境に、私には二つの人生があるように、長い間感じていた。

アメリカで高校生をした一九八〇年以前の人生と、一九八〇年以後の人生。

ちょうど私の母親が「私の人生は二つに分かれている。一九四五年（敗戦の年）の前の世界と、一九四五年の後の世界」と言ったように。

十六歳にしてそんなふうに感じたくはないものだが、十六歳とはまさに、私の母親が「そんなふうに」感じた年だった。

そう気づいたのは、かなり後の話である。母がそれを言ったこと自体が、かなりの近年なのだった。

そういうことがもし隠されていなかったなら、私のアメリカ経験はそんなにトラウマに満ちたものにはならなかっただろうか？

その可能性はある。

それはあなたのほうが変だしつらいのだから、まずあなた自身をどうにかしたほうがいい、と母親に、もしかしたら言えたかもしれないから。

しかし、人が何か大きすぎる傷を語れるようになるには、それなりに時間がかかることも、今は知っている。それなりの時間、とは、時に何十年だったりすることも。

敗戦が「大きすぎる傷」であることは、明らかである。

あまりに多くの戦死者、その中のゆゆしき割合が前線での餓死や病死といった戦死でさえない戦死者であること。「空襲」という名で受けた（「空爆」なのに）民間人居住区への戦略爆撃、沖縄の地上戦、末期的な特攻、玉砕という名の犬死に。世界史上未だ後にも先にも例のない二発の原子爆弾と、世代を超えて伝えられるその遺伝子の傷。

戦争の傷は、長く、深く、続く。

本当はある民族がこれほどの傷と喪失を、五十年や六十年でなかったことにはできないと思う。

本当はそうであるのに、皆が忘れたふりをして、それがまかり通ってしまった場合、その人たちは奇妙に分裂した態度をとるようになる。そしてそれが次の世代にまるっと受け渡されて、その世代なりに変奏されてしまう。

「完膚なきまでの敗戦」と「占領国アメリカへの『愛』」。そして、「自分とアジアの忘却」。ロジカルにはどうにも並び立てられないことを、同時に、無言のまま受け渡されたら、渡されたほうはパニック的に暴れるか、静かに深く狂うだろう。

もちろん、そうなる人ばかりじゃない。しかしどんなことにも一定数、端的な個人というのはいるものだ。そういう人たちは、社会のために死ぬ役さえ引き受けることがある。

私はそう思う。

空気の変化

一九八〇年の夏から一九八一年の夏まで。

その間の日本を私は知らず、それを抜かしてもう一度日本に戻ったとき、何かが静かに、けれど決定的に変わっているような気がした。

どこと言えなかった。

空気。

もしかしたら、後年「空気を読め」と言われるようになった、そういう意味での「空気」。

つまりは、同調圧力としての、空気。

よくできすぎた間違い探しクイズみたいだった。

風景が、私のいない間に掘り返されて、元通りに、よりかっちりと塗り込められた、そんな感じ。

私は、世代的には「ポストモダン」(文化)と「バブル」(景気)と形容されていい。でも、どっちもちっともわからない。ということは同時代であるはずの八〇年代カルチャーがちんぷんかんぷんなのだ。

バブルに関しては、実家の稼業が「製造輸出業」だったために、逆風と影しか体験しなかったことは、前に書いた。

「ポストモダン」がなぜわからなかったかというと、YMO(坂本龍一、細野晴臣、高橋幸宏のテクノ・ユニット)の変化がまったく理解できなかったからだと、勝手に思っている。

YMOは、私が日本を出る前は、暴走族の車がかけるような音楽だった。まあ、少なくとも、私が聴いた限りは。少なくとも『ライディーン』て曲は、爆音とともに走る車から大音量で流されるような曲で、しかもエンジンの爆発音に、合っていたのである。エンジンという爆発する火で油まみれのピストンや歯車を動かすメカニズムと、細分化されていくビートとは、有機的にからみ合って私には聞こえ、それはたいそうかっこいいと思っていた。

暴走族やヤンキーの子たちは、YMOのファンというわけではきっとなく、歌謡曲の一環としてあれをかけていたのではないか。カップリング曲は、松田聖子であった。

そんなYMOが、私が帰ってきてみると、コムデギャルソンなどのデザイナースーツに身を包みモミアゲをさっぱり剃り落とした、どう見ても肉体派ではない男子たちの聴く、一時代のゲームミュージックみたいな無機的な音楽になっていた。そしてそういう男子たちが、やがてポストモダンのぜんぜんわかんない内輪言語《ジャーゴン》で話し始めるのであった！　思うけどあれは、ひと世代上の「政治の季節」男子たちが、他人をけむにまく勢いで「政治」を語ったのと、同じ感じではなかったのかなあ、と思う。あるいは、その後の「サブカル」が分化していき、派がちがうとまるで話が合わなくなる感じとも。

とにかく、エンジンからエレクトロニクスへ。

そんな構造変化が、あったように思う。

見た目がクリーンで中身がブラックボックスに。そんな感じ。

それは、男の趨勢がお笑いタレントになっていくのと、並行していた。

だったら何からお笑いタレントへなのか？　というと、松田優作、だと思う。

ぴったりしたジーパンや白いスーツで汗をかいてアクションをする男っぽい男から、場の調停をするオフィスの会社員みたいな格好の男へ。無個性こそが識別符のようなあの外見は、今説明するなら、映画『マトリックス』の増殖する黒スーツ男、エージェント・スミスに似ているかもしれない。じじつ、ＹＭＯのアルバムには『増殖』というのがあった。

『太陽にほえろ！』の不可解な死

一九八〇年は、松田優作が死んだ年でもある。

ちょっと待て松田優作が死んだのは一九八九年（平成元年）のことだよ（それも象徴的な年ではあるが）と、筆者にツッコミを入れる人の群れが目に浮かぶようだが、一九八〇年は、松田優作が、日本のテレビの中で丁重に葬られた年なのである。

じゃあ、こう言おう。

一九八〇年は、日本社会のある局面が、最終的に松田優作を不要とした最初の年であった。

彼はハリウッド進出を果たして死ぬのだけれど、裏を返すと、日本で彼のできる／演ずるべき役がなくなりフロンティアに行ったのである。

私が小学校のとき『太陽にほえろ！』というロングランの刑事ドラマがあって、今風に言えば「ショカツ」の刑事の話だった。靴底をへらして町の底辺を這いつくばり足と体で犯人を追い詰める、刑事とアクションの合わせ技みたいなドラマだった。PART1は一九七二年七月から一九八六年十一月まで、日本テレビ系列で金曜日二十時から一時間枠で放送された。

いわば、歩兵の話だった。

今思うと異様なことであるが、『太陽にほえろ！』では、石原裕次郎演じる藤堂係長をボスと慕って集まる西新宿あたりの架空の署・七曲署に、新人刑事が配属されるや、その日から彼の命のカウントダウンが始まる。

『太陽にほえろ！』において刑事と役者の絶対的花道は「殉職」、職務中の死なのである。殉職までいかに盛り上げ、その刑事を愛される者として描き、ゆえに若い命が散る最期がいかに美しく悲劇的であるかが、そのキャラクターと役者の評価そのものである。

今、午後八時に、殉職が様式美にまで高められた刑事ドラマが放映されていて、それを老若男女がさしたる疑いもなく観る図を考えてみると、このドラマの、話としての異様さ、それを成り立たせた時代の異様さが見えてくる。

この中で、最も愛され語り継がれた役と、死のシーンは、何と言っても一九七四年に松田優作が演じたジーパン刑事である。

しかし、このジーパンこそは、「殉職」と言えないような殉職をしているのだ。職務中に殺されるのではあるが、自分が助けたチンピラに殺されてしまうのであり、彼は、殺される意味が、まったくわからずに死ぬ。

撃たれた腹部からの血にまみれた自らの手を見て吐く台詞「なんじゃこりゃあ！」は、ほとんど伝説となっている。

『太陽にほえろ！』の中で、唯一最大の伝説的な死である。

しかし、このいちばん不可解な死、「殺される意味のわからない死」こそが、なぜ最も愛され、観る者に熱狂されたのか？

言い方を換える。


最も愛された死がなぜ、犬死になのか？

それは、戦争であまりに多くの犬死にがあり、それを犬死にとは言えないまま、しかしそれを事実として認めたことを石のように呑み込んだまま、暮らしている人たちが、慰めと弔いの機会を、必要としていたからだと思う。あまりに多くの人が、そうだったからだと。

戦争による桁外れの大量死は、一段高次の物語を「発明」しなければ、犬死にとなってしまう。しかし、日本人にはそれができなかったのだろう。

軍部が無計画な戦線拡大で、本来は死なずにすんだ兵士たちを大量に死に追いやったこと、あるいは兵士が前線でした残虐行為。一方で、日本人が受けた戦略爆撃や原子爆弾のあまりの非道さ、果ては天皇の位置づけ、など、自らにも説明できないことが多すぎて、口を閉ざした。それは急ごしらえの近代の無理のすべてを語るようなことで、それを断念しようとした。それを語る精力のすべてをつぎ込んで、復興と経済成長に懸けた。

その一方、犬死にせしものやあまりの悲しみを抱えたものたちは、「民間努力」たる表現作品群によって慰めを得るしかなかった。

松田優作は二度死んだ

そして、一九八〇年に、松田優作はもう一度、ジーパン刑事とそっくりな殺され方をドラマの中でする。

そのドラマ『探偵物語』は一九七九年九月から一九八〇年四月まで日本テレビ系列で全二十七話が放送されたテレビドラマであり、松田優作の代表作のひとつであり、これもまた伝説的作品である。

『探偵物語』に、私が強い印象を受けた一シーンがある。なにげないシーンなのだが、最終回で、松田優作が事務所に出入りする女の子と街を歩いていて、女の子がこんなふうに言う。

「この街に来て、私たちも貧しかったけれど……」

台詞の続きは覚えていない。二人は、高層ビルの建築現場の横を陸橋で通りすぎる。

一九八〇年に「私たちも貧しかったけれど」という台詞を、きれいでおしゃれな女の子が言うというのは、発見で、驚きだった。そしてその横には鉄筋とクレーンの工事現場。日本中の土地がそのように掘り返されるまで、あと数年である。日本は、「戦後処理」としての高度経済成長の最終局面に突入しようとし、じっさいそこから数年間、世界のナンバーワンであるかのような快進撃を見せる。

そこに至って日本人は、英霊を、本当に消さなければならない。本気で、忘れなければ、忘れたふりをしなければ、いけない。

松田優作は、最終回のラストシーンでまたも知り合いの青年に刺される。そして血にまみれた手を、見る。その後の生死は不明である。

松田優作の一度目と二度目の有名な「死」は、本当によく似たシーンだけれど、よく似たシーンだからこそ、よく見ると内実の違いがきわだつ。上下白の服で、腹部を赤く血に染め、死ぬまでの間にしゃべる。けれど、ジーパン刑事を殺した青年が、ジーパン刑事がかつて面倒を見るなどした青年で縁が深いのに対し、『探偵物語』の工藤ちゃんを刺した青年は、工藤ちゃんが金額間違いで苦情を言っただけのスーパーのレジ打ちが逆恨みしたもので、縁が圧倒的に薄い。その後の「不可解」な犯罪者たちのほうにむしろ似ている。

　初期設定からして、ジーパンと工藤ちゃんは似た役回りとはいえ、刑事が国家を背負っていたのに対し、探偵は街のすみにいる。最期の台詞は、ジーパン刑事が「なんじゃこりゃあ！　死にたくねえよぉ」で、死の意味もわからず死を受け入れられないのに対し、工藤ちゃんはナイフを自分の腹から抜き、「おい、忘れものだよ。誰にも言わないから持って帰れ。見つかるなよ」。死に抵抗せず、相手をある意味、ゆるす。その後、生死は不明と書いたが、場面が変わると演劇のカーテンコールよろしく、工藤ちゃんは元気に立って歩き去り、傘を空へ放り投げる。軽やかなエンディング。しかし服は黒になっている。

　犬死にというよりは、無駄死に？　「犬死に」という言葉が、どこか「大義」を対置してしか言えない言葉であることを、こう書いて私は初めて知る。だとしたら……？

「犬死に」の表現さえできなくなってゆく時代に対し、のちの人間たちが考える種子を埋め込んだのが、コメディ調の『探偵物語』のラストではないだろうかと、いま見ると、思う。

松田優作がねんごろに葬られた年に、日本社会に「お笑い」は出てきた。

こう考えてみるとき、「お笑いタレント」の第一世代の第一人者であったビートたけしが、北野武として映画監督になったとき、「ほとんど暴力だけ」の作品を何作も続けて撮ったのは、生理的なことであり、時代に抑圧された身体性の叫びではなかったかと思うことがある。

岡崎京子の『ヘルタースケルター』

蜷川実花が七年がかりで完成させたという映画、岡崎京子原作の『ヘルタースケルター』を試写で観た。

原作を初出誌で読んだとき、ものすごく怖かったのをよく覚えている。漫画雑誌を買う体験は、あの頃が最後だったかもしれない。当時、岡崎京子の作風がエスカレートしていく印象を持っていて、『ヘルタースケルター』を読んだとき、端的に「岡崎さん、大丈夫かな」と思った。その後彼女は、大きな交通事故に遭って、いまなお重い後遺症の中にある。そんなわけで、『ヘルタースケルター』は因縁の作品のように思っていた。正直言うと、あまり好きとは言えない。単行本も、たしか二度持ちながら手放してしまい、今は手元には置いていない。持っているのが苦しかったのである。

『ヘルタースケルター』のりりこは、超売れっ子タレント。日本中、いつどこを見てもりりこを目にしない日はない。

けれどりりこは全身整形の賜物。「キレイになれば強くなれる」という、女性誌の売り文句そのままのことを信じ、田舎から出て美しくなった。醜かった自分を見出し贅肉の塊の中から削り出してくれたタレント事務所の社長を「ママ」と呼び、ママに愛され受け入れられることを望んでいる。

しかしママは、りりこが大衆に求められて売れるから愛するのであって、売れなければ見捨てるのだとどこかでわかっている。だからりりこは「みんなに忘れられる」ことが死ぬより怖いし、そのうえ「みんなすぐ忘れてしまう」ということも知っている。りりこのとる無軌道な行動やスキャンダラスな行動は、すべて、ママを試すことのようにも見える。

一方で、ママに捨てられる日のために新しい愛と庇護をくれる者を探している。シンデレラの話に王子様がいなければ、それはシンデレラ・ストーリーではないからだ。

りりこはどこかでこのループから逃れたいと思っている。しかし、それも彼女の美しさが担保となっての話。過激な全身整形は心身に大きな負荷をかけるが、その負荷さえ、あらたな施術や投薬でしか軽減できないうえ、あらたな施術や投薬は心身にさらなる負荷をかける。さしずめ、「不良債権」といったところだ。崩壊は時間の問題なのだが、続く限りは続けられると思っていた、誰もが。バブル崩壊とは、そういうことだった。

バブルという時代

マネー経済が実体経済をすごいスピードと膨れ上がり方で追い越していった八〇年代後半。

それを景気のいい、良い時代だったと後の時代の者たちは思うようだが、只中にあった者たちの中には、心身を病んだ者が少なくなかった。その病み方こそ、今の社会と地続きなのである。岡崎京子も、岡崎京子が今のところ最後に生み出した怪物りりこも、そういう一人のように思える。

バブルとはすべてが投資の対象と見られ、それ以外と見られなかった時代のことである。これは例外的な時代のようだが、例外というよりは、「むき出し」だったのだと思う。日本人の大半が、免疫もないまま無防備にそこに突入していったのである。

投資とは、美人投票である。

自分が欲しいから買うのではない。「みんながあれを欲しがるだろうから」買うのである。

自分が欲しいものを買って損をしたのなら納得もできる。しかし「みんながあれを欲しがるだろうから」と買ってそれに裏切られた場合、それは納得するのがむずかしい。それは怒りや恨みになるか、激しい自己嫌悪になるかだ。

岡崎京子がくり返し変奏した主な主題はふたつある。

「他人の欲望が私の欲望である」

「僕たちはみんなすぐ忘れてしまうね」

このふたつが小さな箱の中で沸騰したとき、まさに戦後日本的風景となる。

私たちは敗戦を忘れることにした。そして、他人の欲望を先読みして自分の欲望とすることに夢中になった。

りりこの最も本質的な台詞は「見たいものを、見せてあげる」だと私は思う。

出来のいい広告コピーのように秀逸だ。

自分の価値付けは他人の評価である。

それは自分を株の銘柄にたとえ、自分の評価を株価にたとえ、投資家の動向を読むのに似ている。

他人の評価を得るためには過剰適応してもいい。

あるころから、そういう圧力が、無言のうちにあって、その包囲網にあって人は自分を追い詰めてきた。

物語終盤、りりこは自分の眼球をひとつ、えぐり出して失踪する。オイディプス王のようでもあるその所業は、もう見たくない、であると同時に、もう見られたくない、という意志の表明であるように感じられる。

望むキャラをつくってやったのに飽きられるという怒り、被害者意識、恨み。しかし最初から、思い込んだのは自分、すると究極的な自己嫌悪が現れる。それは究極的に自傷になる。相手なんか「どこにもいなかった」あるいは「誰でもなかった」。そのうえ、時間経過で客観的評価さえ落ちている。この不条理。

「誰でもよかった」という傷害事件がたまに起こると、人は不可解さに恐怖する。しかしそれはこの力の反転形でしかない。「誰でもよかった」という傷害犯の供述が、往々にして「自殺しようとしたが死ねず」とセットであるのは、身勝手さではなく、それがコインの裏表であるからこそだろうと思う。

いずれも、最も嫌いなのは、自分自身なのだ。たとえ、いかに自分の「値」が高くつけられていても、そんなに低くなくても、自分だけは、自分に底値をつけている。

第6章　オウムはなぜ語りにくいか

原発とサティアン

それを思い出したのは、福島第一原発の事故を見たときのことだった。

「サティアンみたいだなあ」

不意にそう、口をついて出たのだった。忘れていた名前と風景。あのハリボテの箱みたいな建物。それがあたかも記憶の中に、ちょっと土を盛られたくらいで手つかずに埋まっており、大地の揺れや大津波によってまた顕れた、みたいな感じだった。石原伸晃議員が事故を起こした福島第一原発を「福島第一サティアン」と失言したことがあったが、政治家にしては無防備すぎるその失言に、呆れると同時に、あの感覚が他の人にも素朴にあったことには驚いた。なんだ、多くの人がそう思っていたし、そもそも忘れてなんかいないのだ。

原発とサティアン。どちらも、そこでどれほど危険なものが扱われてきたかを思えば、簡単にすぎるたたずまい。

急ごしらえの近代。

あるいは、近代を急ごしらえすることが、いかに危険かと、私たちに教えるもの。

そして「天皇陛下のビデオメッセージ」というものが、私の記憶の中で原発の爆発と接続されている。

それを見たのは、偶然としか言いようがない。ただ一度きりの出来事だった。昼か夜だったかも覚えていない。震災から数日後のある日、やはりたしか原発の様子を見ていたのだと記憶するが、定かではない、とにかくそんなＮＨＫニュースが終わると、天皇陛下の映像メッセージが始まった。何のアナウンスもなく始まり、同じく何のアナウンスもなく終わった。そして通常プログラムに戻った。まるでひとときの夢。何が起きたかわからなかった。ただ呆然とする中で、私は頭を垂れたいような気持ちにもなり、「終わった」と膝を折りたくもなったものだ。

終わった。何が？　戦後が。

そう思った……その時は。

「落ち着いて」「希望を捨てないで」

そんな内容だった。言ってみれば、当たり前のことで、真っ当という以上の積極的な意味はない。しかし、非常時に非常に真っ当なことを言って多くの人の頭を垂れさせられるような立場の人は、日本広しといえど、ただ一人しかいない。

そのただ一人が天皇陛下であるという事実を、なぜなのかと、多くの日本人が自分の心理ながら説明できない。

まるで終末みたいな風景を前に人々に呼びかけ、反発が少なく、単なるきれいごとに陥らず、最大の効果をあげられる人が、天皇であることは疑いがない。先代の昭和天皇、その唯一人が、国民に戦争の終了を告げられたように、かもしれない。インターネットではこのビデオメッセージを「平成の玉音放送」と呼ぶ声も多く、その比せられた「昭和の」とは規模こそ違うが、多くの民が胸を打たれた。多くの民が、素直に頭を垂れた。人々のその反応は、ピュアで自然なものだ。昭和が終わり平成と呼ばれる今上天皇の高潔な人格も疑いがたく、病身を押しての無私の行動にも頭が下がる。

「総括」されないものは繰り返される

ある人間が神性を帯びて感じられることは、ある。理屈を超えて。

と同時に、しかし、その人自身は、神ではない。

その間のギャップは、本当はとても大きい。

大きいのだが、日本人は、天皇を神格化して近代国家をつくった明治以来、そのことを、いかほどの失敗が生まれる余地がその「ギャップ」にあろうと、ちゃんと語ろうとはしなかったと思う。そもそも「軍部」的なものはそこに生まれてしまったのではないか？民の中から。

そのギャップを、未だに日本人は説明できていない。歴史として説明できないのみならず、自分自身の心情であってもなお、説明できない。

神を急ごしらえでつくって近代国家の中核とし、その国家をもって戦争にあたり、最終的に大敗して、戦後は神は神でないことになり、民は神を忘れたふりをした。そのことのつけは、当事者である私たちが考えるよりずっと大きく、未だに「総括」されていない。「総括」されないものは、繰り返される。それが「連合赤軍」だったり「オウム」だったりしたのではないか。私たちは、私たちの「アンチ」というよりは「見ないことにしたもの」こそを何度も見るのではないか。原発事故だってそうなのではないか。

オウムは一九九四年に組織内の名称に省庁制を用い、各代表を大臣と呼んだ。ならば、そのすべてに超越的にふるまう麻原彰晃は、天皇役ではないだろうか。そして、そんな擬似日本国と考えればこそ、他ならぬ祖国である日本国に対して、テロリズムという転覆を考えた理路も、多少は、つながる気がしてくる。

オウムの修行風景を、報道番組で見たことがある。それは、秘教的《エソテリック》な身体技法（あんな大人数を相手どっていいものではない）と、暗記ものの受験勉強が組み合わさった、不思議な学習システムで、神秘の部分と、テストを受けて昇進できる仕組みが、たしかにあった。

それは今思えば、日本人を戦争へ向かわせたような暴力性が、戦後民主主義の最たるものである受験勉強で支えられたような奇妙な風景だった。しかし、そこを考えていて気づくのは逆に、戦前性と戦後性との、驚くほどの近さなのである。実は、何も変わっていないのではないか。そう直感したのは、かなり最近のことである。

昭和の戦争は「軍部」が暴走した結果と言われる。しかし、あの人たちは軍人というより「受験エリート」だったのでは。軍人というのは究極のリアリストのことだが、昭和の軍人は、現実感覚こそを、欠いているから。試験に通れば士官学校に入れて出世できる、軍事とは関係のない人たち、暴力の抑止のための暴力の運用を考えることとは無縁の人たちが、軍部の大半だったのではないだろうか？　「軍人」と言うには現実感覚がなさすぎ、机上の空論に基づきすぎている。

終末思想に則って破滅を実行しようとしたオウム信者たちに高学歴の者が多く「あんなに頭のいい人たちがなぜ」という言われ方がよくされたが、だからこそ、だった気がする。

富士裾野のサティアン跡は、オウムが掘った電気くみ上げ式の井戸ひとつを残し、今は何もない。ちょうちょが飛びかい、とんぼがホバリングする様を見ると空気が澄んだ水に見えてくるほど、のどかで美しい土地。麻原の執務室と、人をも溶かす濃硫酸のプールと人骨まで焼ける焼却炉があった第二、第三、第五サティアン跡地は公園で、慰霊碑が立っている。それは、なんの慰霊碑かさえ、記されていない。主語も目的語もなくただ「過ちは繰り返しませんから」とある戦争慰霊碑よりわけがわからない。

オウムの語りにくさは、日本国の語りにくさである。それに十分な言葉は、まだ誰も、与えていない。与えないまま、忘れようとしている。

無意識の消去の力

二〇一二年九月十日に私は、旧オウム真理教の施設、サティアン跡を、山梨県の旧上九一色村に訪ねた。

内なる欲求から訪ねたというよりは、新聞社の企画で声をかけられたのが私だった。二〇一二年六月十五日に、最後のオウム逃亡犯であった高橋克也が逮捕され、刑事事件としてのオウムは収束の色を見せ忘れられていく一方で、オウム真理教が何だったかという問いにはまだ何も答えられていないという疑念からの企画だった。

現場に足を運び、つらつらと考察してみると、そこに日本社会の「語り得ないもの」が凝縮されている感を、すぐに抱く。けれどそれが何と、なかなか上手く言えない。多くの人にかかったロックが、私にも、例外なくかかっている。

しかし——。

「語り得ないもの」に対しては、無意識に意図的だとしか思えない、強力な消去の力が働く、そのことも感じる。

つまるところ、その無意識の消去の力こそが日本の戦後とそっくりな感じなのだが、なにせ目の前には徹底的な不在としてののどかな富士の裾野が広がるばかりで、それがなくなる過程もほとんどの者は見ていない。想像力のとっかかりがない。

サティアン跡には、きれいさっぱり何もないことは、先に書いた。しかしこれほどまでに何もないとは思わなかった。使われなくなった井戸がひとつ、だ。しかも、地下鉄サリン事件の後に連日連呼されて有名になった「上九一色村」という地名さえ、消されているのだ。もちろん、「平成の大統合」は日本全国の地名を変えたわけだが、これほどに消されてしまった例はめずらしいという。

何か、無意識の力が働いている。表向きの題目とは反対側に向かう力で、強い底流のように彼方へ向かい、人々は、本心はそちらに乗りたがっている。

忘れたがっている。

オウムは「敵」だったのか

地下鉄サリン事件などを「風化させてはいけない」とは、よく言われる。

しかし、どう語り継いでいいかもわからないし、風化させないためとはいえ、保存したいような建物もなかった。サティアンはアウシュヴィッツ収容所にもヒロシマ原爆ドームにもされない。チェルノブイリ原子力発電所（現在は、キエフからツアーがあるという。人の立ち入らないチェルノブイリは現在は野生動物の宝庫となっているらしく、そこに長い間かかって朽ちてゆく原子力発電所がある様は、さながら文明の廃墟のような景色であると思われる）にもされないだろう。

「語り継ごう」と言っておきながら何も残されないのだ。

たしかにほとんどプレハブ建築と言っていいサティアンは、保存したくなるようなしろものではないが（福島第一原発だってそうにちがいない。あれほどの施設になんの威厳も感じられないというのは、多くの人が指摘するところである）、それなら慰霊碑くらいは、誰が、どういう経緯で慰霊されているのか、教団内のリンチで死んだ信者も慰められるべき霊であるかなどを、明らかにしてもよさそうなものだ。が、それも書かれない。

アウシュヴィッツやヒロシマの原爆とオウムのどこがちがうのだろう？

そう考えて、

「敵の有無」

という言葉がすぐ出てくる。「他者の有無」と言ってもいいかもしれない。

アウシュヴィッツやヒロシマは、純粋な被害の土地だった。やはり国家的メモリアルな土地となっているニューヨークの世界貿易センタービル跡（9・11跡）も、そこだけ見れば被害の土地だ。

サティアン跡の慰霊碑には、たしかに、なんと刻んでいいのかわからない相反する物語がつきまとう。「凶悪なカルトを忘れまい（そうして二度と社会に発生させるまい）」なのか「オウムの犠牲になった人たちを悼みます」なのか。仮に後者だとして、教団内の犠牲者は含まれるのか。

それは被害者の土地であり、加害者の土地であり、そのいずれにも分類されがたい関係者が眠る土地でもある。

「彼ら」とは誰だったのだろう？

少なくとも同国人だった。被差別などを理由にマイノリティが固まり立ち上がったわけでもない。彼らは犯行の理由として現政府や体制のどこが不満と声明を出したわけではなく、まして政府や政権に政治的要求を突きつけたわけでもない。

じゃあ、大胆だがこういう仮説を立ててみよう。

明確な敵を設定できないことがオウムを語り継ぐことを難しくしているというならば。

――それは、「敵」だったのか？

努力すれば報われる世界

ちょっと視点を変えてみよう。

オウムは得体が知れない、不可解だ、という。要するに「わかりにくい」と言われてきた。が、その実オウム真理教は、ことのはじめは「わかりやすさ」が売りの宗教団体だったのではないか、と思えてならない。

よりわかりやすく言おう。それは「わかりにくいことにわかりやすさを持ち込んだ」ことが、たいへんアピール力を持った教団なのではないだろうか。

これを語る前に、私の前提を言っておく。私は、どんな集団でも人口の一定割合は、出家するのが向くような人たちであると思っている。多くはないが一定割合、世俗で成功するより世俗から隠遁して祈りの日々を送ることを願う人たちは必ずいる。それは人間集団の自然であると思っている。出家を志向するような人たちは、人間として弱くて世俗で働けないからそうするわけではなく、彼らの自然だからそうするのである。そうして人間社会の多様性とバランスに貢献する側面もある。

現世利益欲求と拝金主義の力が最大となった一九八〇年代、空き地さえ最終的に消えた八〇年代に、オウム真理教がさらに行き場をなくした人たちを引き寄せたのは想像に難くない。

オウムは、現代日本社会の「反」というよりは「裏の写し絵」のように見える。そして、信者たちも、無意識のうちにそこを好いてオウムに入信したふしがある。

オウムの信者はいろいろな宗教を渡り歩いた人が多いのだが、オウムのよさと問われて異口同音に口にするのは、「修行体系がしっかりしていること」だ。

が、「しっかりしている」とはどういうことなのかを見てみると、これは一般企業や組織の「昇進」や学校の「進学」に近い。このワークを何回繰り返し、この教義を暗記して、試験にパスすれば霊的ステージが上がる、というように。「師」「正悟師」などの地位やホーリー・ネームなるものも与えられる。華道などの家元制度や武術などの段位制度に似ていなくもない。本来見えないものを可視化して、等級にしてくれた。

また、霊的ステージとは別に世俗的な昇進もあり、会社の〇〇部の「副部長」だとか「部長」にあたる地位があり、後にはそれが「省庁」の「次官」や「大臣」と言い換えられる。森達也が撮ったオウムに関するドキュメンタリー『A』の主な被写体となった荒木浩も、広報副部長だがホーリー・ネームのない、霊的ステージはいわば末端会員級だという。

つまり、かなりきめ細かく立場（居場所）が与えられ、努力すると昇進できる。こうしたことをまとめて言うと、「やっただけ成果が見える」ということになる。よくできた終身雇用企業みたいだ。それと能力主義とが、相補的にからまっていた。

「修行するぞ修行するぞ修行するぞ修行するぞ……」

という、有名になったマントラ（？）も、客観的に見れば修行のパロディと言ったほうがよく、真面目な宗教修行というよりは、スパルタ進学塾や受験予備校で唱えさせられる意味のない自己鼓舞の文言に近い感じがする。まあ、スパルタ進学塾だって、冗談ではなく大真面目にそれを生徒に唱えさせるわけだが、ある言葉を、意味がなくなるまで唱えれば雑念は少しは減るかもしれない。

ここにも、よく見た構図がある。

いつの時期からか日本人は、どれだけ価値観を違えたように見えても、学校由来の受験選抜システムだけは手放さない。明治維新（身分制度の崩壊）からそうなって、「戦後」に固定化されて愛着された方式だと思うのだが、オウムに関しても、このことが言える。だからこそ、高学歴の者に受けたのだろう。彼らが慣れ親しんだ世界なのだ。

オウム真理教は、見えにくい内側の達成に対して、外側の達成がきちんきちんと与えられる体系だった。これを何回やれば次のステージに行けて、この過程を耐えれば霊性が格段に上がり、何をすればどれだけカルマ（本来は「行為」という意味しかない言葉だが、過去や前世で何をした結果として今苦しんでいる、というふうにネガティブな因果応報論に使われることが多い）が落ち、というように。

短期目標がきちんきちんと設定されていて、それをクリアしていくと、大願を成就（最終解脱）できる仕組みになっている。少なくとも、そう説明されている。

努力すれば報われる世界。

しかし、オウムを笑えるのだろうか？

それは、一般的な日本人が最も信じたかった神話なのだ。

彼や彼女は自分だったかもしれない

なぜだかはわからないのだが、私はリアルタイムではオウムの教義とその犯罪に、そんなに興味も現実味も持たなかった。

これのどこが謎かというと、私は昔から神や宗教や秘教的な世界観が好きだったからだ。そして世代的にオウムのコアの層と重なる。けれど学生時代だろうとなんだろうと、私はオウムに惹かれたことが一度もなかった。オウムの信者を見るたび、これが自分であってもおかしくなかった、と思う。にもかかわらず、私自身にはオウムはさっぱりアピールしなかった。

ゆるい「カルトっぽさ」だったら、おそらくは私には水準以上にあったにちがいない。アーユルヴェーダの健康食事法にハマって食事法が健康のためというより呪いの戒律みたいになってたり、ドツボにハマった恋愛の相手がホロスコープ上で運命の相手と出たので執着してさらにドツボにはまってたり。笑い話にしかならないが、グルや教義に縛られる、というのは、こういうこととそんなには変わらない。本当に。見ようによっては、ゆるく縛られ続けるのがいちばんヤバくて抜けられない。

だけれど、オウムにも他のいかなる教団にも、私は興味は持たなかった。それは行った学校に新興宗教勢力のアクセスがほとんどなかった（もうひとつ言えば、左翼へのアクセス経路もほとんどなかった）からかもしれないし、罪や怖いヴィジョンで他人を縛るものが嫌いだったからかもしれない（だから、日曜学校で讃美歌が好きだった私が大人になってキリスト教徒になろうとして神経衰弱になったことがある。罪ベースの話が生活に入ってくるのがどうしてもダメだった）。あるいは親族ですでに新興宗教にハマった家を見ていたからかもしれないが、結局はよくわからない。

にもかかわらず、オウム元信者の手記などを読んでいると、彼や彼女は、こうあり得たかもしれない自分だと、私は本当に思い、カルトの信者当事者や家族の本を、好んで読んだ。こうした温度差が、私の中で断層のようになっていて、今になるまでオウムには動かなかった。

あれは「テロ」だったのか

オウムにリアリティが湧いたのは、サティアンに行ってからオウムの資料映像やドキュメンタリーを家の居間のテレビで見ていて、夜に勤め先から帰ってきた夫がこう言った時だった。

「俺、これの二本前の日比谷線に乗ってたんだよ」

画面には、地下鉄サリン事件直後の、救急車が殺到する霞が関の風景が映し出されていた。

つきあう前のことだ。

そのとき初めて、リアリティがこみあげて、私は夫に抱きついて泣いた。

ひとしきり泣いて、私は頭を撫でられていて、その胸や手があること、あたたかいこと、そういうすべてが、奇跡に思えた。

けれど、やはりテレビに映し出されたそれが「テロ」とは、思えなかった。

組織的、同時多発的な、通り魔殺人。

それ以上のイメージを、今でも持てない。

手段こそおそろしく高度で、規模も大きい、が、自暴自棄で行き当たりばったり以上の感じが、やはり持てない。

私が泣いたリアリティとは、たとえば秋葉原通り魔事件のニュースを見ているときに夫に、

「俺、あの五分前に同じところ歩いてたんだよ」

と言われるのとあまり変わらない。

たとえば危機を避けてからどっと出る冷や汗、もしかしたら出会えなかったかもしれない人と今ここにいるという純粋な不思議、感謝、奇跡を思うこと。と同時に、避けられた人と避けられなかった人のちがいという、究極の不平等とも言えることに対し、まずは言葉をなくし、それから必死で説明を考え、そうでなければ世界が壊れてしまうかのように思うこと。

これは、誰にでもある、宗教的な瞬間である。

宗教的な問いが、私に訪れる。

しかし、その発端が、「宗教的テロ」だとは、やはり思えない。

オウム真理教は、その宗教的目的を、大衆に向かって言っただろうか？

もしそれが巷間言われてきたように「宗教的ユートピア国家の樹立を目論みハルマゲドン（最終戦争）を誘発するためのテロ」だとするなら、二の矢三の矢が仕込まれていたはずだが、それがない。

彼らの宗教的ゴールや目的とされるものは、ないとは言えない。しかしそれは、教義や説法内容から、読む側が「解釈」し再構成した話ではないだろうか。いわば「翻訳」なのでは。「翻訳」が、原典として独り歩きしてはいないだろうか。

実行犯たちも、取り調べをして見えてくるのはその「普通の人ぶり」であり、惑いが多く、宗教的な確信に満ちているとは言いがたい。まるで彼ら一人ひとり、確信のないまま、成功するとは思えない作戦を、流されるように実行した、と言わんばかりである。

万事においてこの脆弱ぶりはどこから来るのだろう？

しかし「だからこそ」恐ろしくはないかという見方を、日本社会はしない。あくまで、極悪なものだから葬りたい、と言う。

これは、何かに似ている。

内側の異物

私にとって、オウムにまつわる「わかりにくさ」のひとつが、他ならぬ「テロ」という言葉だった。

彼らは「テロ」を起こしたという。

地下鉄サリン事件は、「日本史上最大最凶のテロ事件」である、とも。

しかしそれは「テロ」だろうか？

近いものの中で、いちばんインパクトのある言葉を当てはめただけではないだろうか？

テロというからには、政治目的が掲げられているはずだ。

テロリズム（terrorism）の定義は、人に恐怖（terror）を与えることによって、自らの政治的目的を果たすための行為だからだ。

が、オウムがその行為の目的を明言したり、政府や自治体や警察や大衆がオウムの政治目的や要求を、突きつけられたことが、あっただろうか？

ふと頭に浮かんだ言葉がある。

「クーデター？」

そう言ってみたら、そのほうがわかりがはやい感じがした。

クーデターであるならそれは、外からではなく内側からの、転覆の試みである。

上祐史浩も言っている。あれはクーデターだったが内乱罪が適用されなかった、と。

そのほうが、しっくりくる。

彼らは、我らの内側に育った異物ではないのか。

だからこそ我ら大衆は、速やかに排除して、目の前から消去して、見たくないのではないのか。なかったことにしたいのではないのか。

内側の異物であるからこそ、社会が無言のうちに統一的な見解を持って消去行動に出られるのではないだろうか。

そして、人が「隠蔽」活動をするとしたら、動機はひとつ。

それが「身内」の犯罪だからである。

壊滅的な「あれ」の後で

オウム真理教を内部から撮ったドキュメンタリー映画『A』（森達也監督）を、近年まで私は観なかった。前に書いた通り、オウムに心が動かなかったし、『A』というタイトルが、なぜか怖かった。

いま観てみるとその逆で、なんというか、ほのぼのとしたドキュメンタリーだった。ほのぼのとした作風というよりは、被写体自体がほのぼのとしていたという感じだ。

ほのぼの、という形容詞は、あの「凶悪なグル狂信団体」「狂信テロ組織」、というオウムのパブリック・イメージからすれば妙に響くかもしれないが、そうとしか言いようのない空気と時間がそこに流れている。まるで、八〇年代のバブルとバブルの崩壊の荒波を経て日本人が失ってしまったゆったりとした時間と共同体が、富士山麓の、取り壊される前のサティアンの中に残っていた、とでもいうように。牧歌的で脱力していて、仲良しで世間知らずで。

あの地下鉄サリン事件を起こした「カルト教団」の、地下鉄サリン事件直後の世界だと知らされていなければ、若い男女の一風変わった共同生活の実験と、親世代や外の世界との軋轢、そしてその終わり、といった感じだ。六〇年代アメリカのヒッピー・コミューンの夢と現実を見たようでもある。夢破れ、幾らかの者は深入りしすぎてもう戻れないが、大多数は、一見は普通に一般社会に戻っていくのだろうと予感させて終わる。そこには、若さゆえの実験が失敗し、皆が散り散りになる前の、ある種の平和な時間がある。終わると皆が知っているがゆえの、「はかなくて愛おしい時間」とでもうっかりコピーをつけてしまいかねないものが。

作品の時は、地下鉄サリン事件の後、麻原彰晃と主要幹部が逮捕されたのち。カメラは、広報部副部長の荒木浩と共にある。観る者は荒木の目を追体験するようでもある。広報部長の上祐史浩は偽証罪で逮捕されているので、必然的に副部長の荒木がマスコミの対応のフロントに立っているのだ。

　広報は団体の「顔」。

　ありていに言えば、荒木浩は、かわいい。

　背が高くて、小さな整ったベビーフェイスで、鼻がすっと高く、きれいな瞳をしていて世間知らずのいい家の坊っちゃんみたいな、ちょっとうつむきがちのメガネ君。いつもいつも、おろおろしている。見ていると、苦笑することはあっても憎めない。助けてあげたくさえなってしまう、十八歳くらいに見える二十八歳（当時）。もし私が監督で主役のカメラテストをしていたなら、カメラのファインダーにとらえた瞬間、「この人だ！　もらった！」と確信させるような逸材だ。

いたいけなヒロイン

『A』を、オウム真理教信者の内面を知りたくて観たら、必ずや失望する。彼らが何を求めてあるいは何に失望して、強い信仰や過激な修行を希求し、それにより何を得、何を成就したと思い、何に挫折し、何を失い、何を裏切り、何に裏切られたのか、などに迫りたいという欲求から観たら。そういうことは掘り下げられないからである。主人公・荒木に対するそういった深いインタビューさえない。あくまで普通の人のおろおろした日常が繰り広げられ、彼は盟友たる他の信者のピンチに際してさえ、おろおろできるのみである。

オウムの信者たちの大半はごく普通の人である、とはよく言われてきた。

荒木はたしかに普通の人である。あるいは、普通より実務能力の低い人である。それでいて、かわいい。ゆえに、普通の観客がとても移入しやすい。物語のキャラクター機能で言うなら、これは古典的な「ヒロイン」だ。荒木は、女性的な乗り物なのである。ゆえに、被害者に見えやすいし、批判をあらかじめかわしているところがある。アニメに当てはめるならさしずめ、メガネっ娘&ドジっ娘といったところだろう。しかしこのメガネっ娘&ドジっ娘は、メガネをとって変身もしなければ、人間的に成長もしない。あくまで変わり映えしない日常を続けるのだ。

『A』を観ていてフラストレーションを感じてくるのはそういうところだ。かゆいところにぜんぜん手が届かない話なのに、ヒロインがいたいけで応援してしまう、一種の「萌えコンテンツ」みたいなものが、オウム信者を題材としてあるのだ。教団や信者たちには批判されるべきところもあるのだけれど、そこにいるその人はとてもイノセント（無垢、無罪）だ。

『A』は、途中から、マスコミや警察のやり口のほうに重心を移してゆく。印象としては、こちらのほうにメッセージ性がある。そして観る者としては、あくまで荒木に同化しているので、マスコミや警察のやり方が一方的だったり乱暴だったりするということに、自然に憤りを感じ始める。たしかに公安が、自分で転んで相手のせいにして逮捕するやり口などびっくりする狡さ汚さなのだが、目がそちらにばかり行ってしまうのも、一方的である。そして、「そもそもなぜ彼らがそこまで追われる身になることをしでかしたのか」ということが、いつまでたってもわからない。

おそらくは、荒木にわかっていないからである。

本人にも説明できない「巻き込まれ型」の人。観る者はこの「いたいけな荒木」に共感してしまう。

ここでふと考えこむ。

これはおそらく、戦後、多くの日本人が天皇陛下に向けた視線の質と近い。

戦後、昭和天皇が広島に行幸したとき、予想に反して民は彼を歓迎した。風景だけ見るならそれは記念行事のようであった、と居合わせた外国人記者が驚いている。

その不思議さと、どこか似通ったものがここにある。

敗戦後の日本と重なる光景

私は森監督が観客を誘導しているというふうには感じないのだが（そういうことをする

作家ではない気がする)、結果的には観客は、「オウム真理教はそんなに悪くなかった」と誘導されている。

しかし、こんなふうに「誘導されていないだろうか」と思う暇もなく、もっと巧妙に誘導されているのが日々の一般メディアであり、「もしかしたら誘導されていないだろうか」と立ち止まって考えさせてくれる分、この作品は良質と言える。

そして特筆すべきは——あれほどの事件があった後で、サティアン内で「何もなかった」かのような日常が流れていること、これをある意味だらだらとありのままに、とらえることに成功したことである。

壊滅的な「あれ」があった後でおおかたの人々が「何もなかった」ように暮らしていることは、本当に象徴的である。

敗戦後の日本の姿、そのものではないか。

「神を創ってそのもとにまとまり、戦(聖戦)を戦い、そして負けた」

オウム真理教とその起こした事件を、虚心坦懐に見るなら、こうまとめることが可能だろう。

だとしたら、オウム真理教とは、近現代の日本という国に、そっくりである。日本という国のつくり方そのものに、似ているのである。

逆を返すと、近代から現代の日本という国を、先のごとくまとめることが可能なのだ。「神を創ってそのもとにまとまり、戦(聖戦)を戦い、そして負けた」。

そして、神が負けたから人々は神を忘れたことにして生きている、というのが私たちの生きている「戦後」である。そう言ってみたい衝動に私は駆られる。

オウム真理教を奇形的な集団と言うのなら、大日本帝国が奇形的な国家であったと言うべきであるし、実はその奇形的国家に接ぎ穂をするようなかたちで成り立っている今の日本という国も、ずいぶん奇形的であると言わなければならない。

後継者は世襲で男子

オウムと日本国の類似点はほかにもある。

『A』に面白いシーンがある。教祖の逮捕後、教祖の娘が、教団後継者の発表をメディアに向かってするシーンだ。

まだ幼さの残る顔をした十代の娘が、「教団後継者は＊＊リンポチェ猊下《げいか》です」(固有名は独特で、うまく聞き取れない)とか言う。不機嫌そうに。こんな屈辱は早く終わらせたいとでも言うように。煙に巻かれたメディアは「はぁ？」みたいな感じで突っ込む。王国のありがたい神話が通じない図は、かつて皇国の論理が外国に通じなかったのと一緒である。本来は「リンポチェ」とチベット仏教の言葉を使うのならば、後継者は世襲でなく転生を根拠にすべきではないかと思うし、世襲でもシャーマニズム的な宗教の場合は特に、女が継ぐのはなんら不自然ではない。なのにどうしてここまで自然に、後継者は世襲で男子、という論理を出してこられるのか。

ともあれ、そのリンポチェ猊下は要するに彼女の実の弟であり、教祖の子息である言葉もまだおぼつかない幼児なのだ。まだまともにしゃべれもしない猊下が即位するために、姉が会見しているのだが、彼女が言葉に困ると「彼女はお姉さんとして補佐を」みたいに広報副部長の荒木浩が補足する。すると、教祖の娘は、明らかに不快な顔をして荒木を睨む。その後、他の信者がリンポチェ猊下のビデオを見て「一般人にはただの幼児に見えるかもしれないが、ちがう」という意味のことを言うシーンが続く。

これを見た時、敬宮愛子様のことを思い出した。

私は、敬宮愛子様の母親である雅子妃のことを、以前、ちょっと気味の悪い人だと思っていた。公務を果たせとか鬱がどうのという話ではない。もし私が小学生だったとして、あるクラスメイトの母親が、毎日わが子を心配して「一人参観」しに来ていたら、そらちょっとそのおばちゃん気味が悪いだろ。そのくらいの気持ちだった。けれど、あるときふと、愛子という子供の目線になってみたとき、世界はまるで違って見えたのである。

敬宮愛子という女の子は、生まれてこのかた、「お前ではダメだ」という視線を不特定多数から受け続けてきたのだ。それも彼女の資質や能力ではなく、女だからという理由で。それは、どうにもならない。ゆくゆくは彼女の時代となることを視野に入れた女性天皇論争も、国会での議論が、秋篠宮家に男児が生まれた瞬間に、止んでしまったのだ！もう、彼女が彼女であることそのものが、無意味と言われているのと一緒である。彼女は生まれながらに、いてもいなくてもよくて、幼い従兄弟の男児は、生まれながらに欠くべからざる存在なのだ。

なんという不条理！ それを親族から無数の赤の他人に至るまでが、信じている。ごくごく素朴に、信じている。この素朴さには根拠がない。けれど素朴で根拠のない信念こそは、強固なのだ。敬宮愛子様はクラスメイトの男子の他愛ない乱暴さに敏感であると言われ、不登校に近い状態もあったという。しかし、生まれてこのかた「お前ではダメだ」「要らない」と暗に言われ続けた子として見たならば、けなげなくらい、問題を出さないいい子ではないか。逆に、そのよい子すぎぶりに、私は涙が出そうになり、もっと荒れていいよ愛子！ などと、一人の子供としての彼女を応援したくなった。そしてそんな彼女に対して無条件の肯定と抱擁を与えられるとしたら、母親しかいない。

その世界にあるのは、こういう命題だ。

後継者は、世襲で、かつ男系の男子でなければいけない。

オウム真理教のような、シャーマニズム的な新興カルトまでが、ごく素朴にそうするとしたら、そこには近代天皇制が水のように染みているとしか言いようがない。

そしてどこまでも「近代天皇制」であり、近代以前の天皇のことではない。

第7章　この国を覆う閉塞感の正体

を。

ある地域の会議にて

少し視点の近い話をしたい。たとえば私が身を置いたことのある、地域の会議のことを。

この会議を「議会」と呼んでみると、私には、この国の政治というものと、この国の体質ともいうべきものが、少しわかった気がしたのだ。そしてかなり、重い気持ちになった。在籍中ずっと肩はバリバリに凝り、頭は孫悟空の輪っかがはまったように重かった。

二〇一〇年頃に、地域の公園の改修を検討する住民委員会に立候補して入っていた。町に古い公園があった。さらに古い時代は何かの官舎があったらしく、そこを区が払い下げを受けたとき、古くからの住民が、住宅の密集したその地域に子供の遊び場を、と運動してできたものらしい。

公園は町営で、町の決議で、改修などを区に上申できることになっていた。折りしも、近くに新しいマンションが建ち、そうしたら新旧を問わない主に六、七十歳代から、苦情が多く寄せられ、急遽、委員会が町に立ち上げられることになったのである。その苦情とは、「子供の遊ぶ声がうるさい」「ボール遊びがうるさく危険だ」「ボール遊びを禁止にしてくれ」「夕方などにティーンのカップルがいる」「公園をつぶせ」「公園を駐車場にして町に収入を」などなど。

委員会で改修案がつくられ、それを区議会が議決する。私はその公園が適度に何もなくて好きだったので、変な遊具を置かれるのもかなわん、と思って立候補したのだが、事態は想像を超えていた。

ハード面から子供やボール遊びを閉め出そうという意図が見え隠れしたのだ！

委員は区議会に改修案を出し、区議会が可決すれば予算が通る。

おお、予算委員会だったのね！　今書いて気づいた。

そう、予算委員会。そして小規模なコミュニティでも、政治は政治。このことを私は、嫌というほど知ることになる。むしろ、小さいぶん凝縮されて本質がむき出しに見えるかもしれない。

なにせ、十四名だから、ものを言わない団体として固まり否決を狙うこともできない。小さなコミュニティだから融通が利くのでは、などと思った私の思惑は、粉々に打ち砕かれることになった。むしろ逆である感じがする。そこでは、睨まれたらおしまいという硬直があり、でも意見を言わなくてもただ押し切られる。意見を言うとさらに睨まれる。ダブルバインドだが意見は言わないとなりゆきのままになる。

議題の取捨選択は委員長の胸三寸である。時間切れでもおそらく押し切られる。書記は議事録に「議論はフリーディスカッションをした」などと、何も言っていないに等しいことを書き、反対意見を記載してくれない。もっと具体的に書いてくれというと、「テープ起こしでもしろと言うのですか⁉」と逆に問い詰められる。はい、録音していないことも、充分驚愕ですが……。

委員の構成

委員は十四名で、七名は区議会からの推薦（議決権のある事務・進行役も含む）。私のような公募が七名、半分半分。居住歴や地域活動からしたら、私がいちばん地縁の薄いぽっと出である。五十歳以下は私を含めて三人。

まず、委員長と副委員長を選ぶところからして決まっている。

七十歳くらいの地域活動の古株の女性が、六十代の男性を委員長に推薦します、と言う。するとその六十数歳の男性は、自分を推薦した女性を副委員長に推薦しますと言う。

立候補で決めるんだと思ったのに⁉

「ちょっと待ってください、私、その人たちのことを知りませんからいいも悪いも今は決めようがありません。それに、年齢が近いので立場が似すぎなのでは？」

各自の「政策」を言ってから、決めようじゃないの？

勇気を出して私は言うも、進行役にやんわり却下される。

「経験豊富な方たちですから大丈夫ですよ」と。

経験豊富こそがまずい。と直観する。でも言葉にしにくい。言葉にするとこういうことだ——慣れ親しんだやり方に馴染みすぎてる。

会議というものは、会議室でされるんじゃない。会議が始まる前に始まっている。政治は、議会のテーブルに乗る前に決まっている。そして議会には、初めから自らの利益に有利にスタートできる層がいる。

このことを私は知らなかったし、知っていても手のうちようはなかった。

これをひっくり返す言語は、とっさのときに生成できないし、できたとしても、効果が薄い。自分は言ってもいいけれど、その一言がどういう経緯をたどるかわからない以上、今は波風を立たせまいという気が、大多数の中に働く。人々の多くは知り合い同士であり、しがらみがあり、一般論と個人への評価がいっしょくたになりやすいので、一般的な正論も言いにくい。小さなコミュニティというのは、こういう風通しの悪さがある。私が言えたのは、その中の誰ともしがらみがなかったからとも言える。

とにかく呆気にとられながらも、反論は反響をまったく呼ばず、あっさり負けてしまう。私はぽっと出の女。

子供の遊び場をめぐって

そこは昔からの公園で、私が住む前から子供が遊んでいた。そこで遊ぶことは子供の既得権益であり、それは守ってやりたいと思った。そこは狭いがボール遊びも容認される場で、ボール遊びが禁止されていない場所は、近隣にはなかった。なので守りたかった。だれかが守らなければ失われるものがある。それが私が検討メンバーに立候補した理由のひとつだった。

私は子供に自由に遊んでほしい。誰でも一度は子供で、大人の理不尽さに耐えて生きてきたと思う一方、大人に迷惑をかけもして生きてきた。私が育ってきた頃を思うと、大人が耐えててくれたこともずいぶんあるだろうなあと思う。そのことには、感謝している。

また、個人的なことだが私には兄弟がいて、年長の友達などにも面倒を見られて生きてきたと今にして思う。けっこう危険な遊びもやって体で世界を知ってきたことを、よかったと思っている。競技スポーツは嫌いだが体を動かす楽しさは知っているから。だったら地域の子供も見守ってやらねば。

子供には、友達同士でただ集まって、体で世界を知っていくような時期が必要だと思う。それは空間把握能力にも影響すると聞いたし、物理的に人と触れ合う関係が幼い頃からなければ、大きくなってから力の加減がわからないだろう。いじめで相手を殺してしまうほどのことが多発する背景にはこういうことが無関係でないと私は思っている。

また大人たちは、物理的な暴力に目を光らせるあまり、言葉の暴力の危険性などには、認識が甘すぎるとも思う。自分たちがスマホなどの通信依存になったりするわりに、そのことにあまりに無自覚だ。あれは言葉だから安全なのではない。「むき出しの言葉」だからこそ、人を依存に陥らせるほどの呪力があり、依存性のあるものは、致死性もある。個人の内的世界の多くは言葉でできており、そこに加えられる直接攻撃は、個人を簡単に殺すことができる。

余談になるが、私の三つ上の兄の友達で、喧嘩がめっぽう強かったSという男がいる。あのガキ大将たちの一人で、唯一地元に残った、職人である。地域を越えて知られていた「大将」は、この人だけだった。杉並に住む子が、渋谷でからまれてSの名前を出したら助かったことがある。そのSと近年、飲む席で会った。数人の同級生が一緒になって、かつての喧嘩の話をしていた。誰かの弟が角材を持って喧嘩に出かけた昔の話が出たとき、

「武器はいかん」

と、Sがひとこと言った。喧嘩番長としては意外な発言に思えたので、私は訊いた。

「どうして？」

「痛みがわからないでしょ」

これをヒューマニズムでなく言ったSを、私は好きだと思った。痛みがわからないことは、自分の不利益に直結しうるから、痛みはわかりたい。

痛みがわからなければ、殺してしまいかねないから。

あからさまな利益誘導

委員会は数ヵ月、勝手がわからないままに続いた。

遊び場をどうしたいかという住民アンケートをとり、それをもとにコンセプトづくりをした。「子供から老人まで集える多目的スペース」と、委員長が、何も言っていないに等しいコンセプトを出した。何も言っていないに等しいが、それゆえ、「何も言っていない」以外の突っ込みようがむずかしかった。

計画や予算には配分が必要だから「優先順位（重みづけ）を決めましょう」と私を含めて数人が意見を述べると、「多目的スペース」という中で具体的にひとつひとつ決めていけばよい、と言われた。例によって大多数は動かない。まるでベタ凪の水の上で帆船を走らせようとするようだ。コンセプトは、委員長の言うとおりに決まった。

ちなみにアンケート結果は、後に集計すると「子供の遊び場であってほしい」が一位、

「現状維持」が二位だった。

改修予算は、要するに税金の再配分だ。

子供の遊び場に、という明確な同じ考えの持ち主はあと二人しかおらず（五十歳以下の三人である）、そのうち一人の一番若い女性は、四人の小学生と幼稚園児の母親であったが、他のメンバー（つまり近隣住人）との板挟みになってしょっちゅう悩む人だった。そしていざというときに「うちの子供たちには我慢させればいいのかなぁ」とか言い出すので困った。

委員長と副委員長の明確な希望は、「老人の憩いの場として使いやすく」だった。

途中でわかったことだが、公園のメンテナンスや植栽などには、民間の管理会社が入っていた。管理会社の人は、発言権のないオブザーバーとして、常に臨席していた。管理会社のオブザーバーは、意見を求められれば述べる、話し合いから出た案の見積もりやパース図などをつくる、などしていたが、委員長側の案を美しいパース図にして配る一方で、その代替案、私たちの出した最小限の改修案のパース図などは、配ってくれなかった。これでは、代替案の方だけ私案に見える。

どうやら出来レースなのだとわかるのは三回目くらいだった。

同じ地域に住まうご近所さんなのだから、話せばわかるというのは間違いだった。ご近所さんだからこそ、同じ土地の占有権を主張して譲らない。領土問題とよく似ている。「住み分けしよう」という提案は通じず、「共存の道を探そう」という提案は、ハード面で排除されようとする。

特定業者との癒着さえ疑わせた。疑いたくなくとも。

そこまで無遠慮にあからさまに自分の利益を誘導しようとする人たちを間近で見たことがなかった。そこが私の弱さだった。唖然として、一瞬ひるんでしまう。その間にいろいろ通ってしまう。それが歯がゆい。もちろん、私一人で何が止められるものでもないが。

そのうえ彼らは、子供を面倒か害悪のように感じているのだった。

「ボール遊びや話し声などの騒音などが迷惑である」

「カップルが夜話している」

「ボールが飛んできて怪我をしたらどうするんだ」

子供がボールを蹴るとして、学校のある昼間は行わないし、一日にのべ二時間くらいの限られた時間帯である。それくらいは大目に見たらどうなんだ、自分も子供だった頃があるだろう、などと言っても通じない。

「ボールで今まで怪我をした人はいないでしょう？」

「これから出るかもしれない」

何を言っても脊髄反射の速さで返ってくる。あの速さはなんなのか。

「あなたにも子供はいないのですか?」

もちろん言った人がいるけれど通じない。そういう問題でもないとは思うけど、通じない。どうやら自分の子はおろか孫にも、「危険な」ボール遊びなどを管理されないところでしてほしくないのだ。

民意と結果の乖離

そうしてこうしたやりとりのすべてが、「会話」と記録されるだけで終わってきた。議題に取り上げてもらえない。議事録はと言えば「反対意見」とすら記されず「議論内容は、フリーディスカッションをした」。「ディスカッションの内容はフリーディスカッション」では、ブラックジョークだ。でも、修正を求めても、微々たる修正しかされない。

わかってきた。どうやら事務方も「管理側」の人間なのだ。

そして、「管理勝手」のいいように、場をつくりたいのだ。

規則や禁止事項は、一度つくられたら覆すのがむずかしい。そして子供たちにとっては、自分たちのあずかり知らぬところで、自分たちを管理する規則ができ、それに縛られて暮らすことに文句も言えなくなる。規則は独り歩きする。それをなんとか止めたいというのが私達有志だった。有志、と言っても二人。

私たちは意見は言えるが、議題の取捨選択は委員長がする。

そのようなことをされても、周囲は、有志のもう一人を除いて不当だとは言わない。

そうこうするうち、項目をひとつひとつ列挙しての、個別の議決が始まった。

これが三項目くらい終わったときに気づいた。

項目をばらばらにして決をとると、アンケートに一件しか寄せられていない要望も、二十件寄せられた要望も、同じ重さの一となる。

すると、委員会の中の力関係で決まる。

これは、政権が結局自民党に戻った二〇一二年の選挙で「小選挙区制」が自民圧勝を導いたことにも似た、特定の集団に有利な議決方式だ。多量の死に票が出る小選挙区制では、比較優位な政党が圧勝しやすい。

議決方式による結果のちがい。議決方式による、民意と結果の乖離。そんなことを、身をもって感じたことも、これ以前にはなかった。

弱者の皮をかぶった強者

そんなわけで閉口して、四回目が終わったところでついに私はアンケートを精査した。

統計をとって、自分自身、数字となった民意を謙虚に見ようとした。

アンケートを一見する限りでは、「子供の遊び場」は「シニアの憩い」を上回っていた。しかし、そこに自分の思い込みがないとも言えなかった。私がそうするのも遅いは遅いが、委員会でこういうプロセスを経ていないというのも、異常なことだ。アンケートを精査しないで、委員会は何に立脚するというのだろう？　たしかにアンケートの見方というのはむずかしい。だけれど、だったら何人かの人が、いくつかの方法でやってみれば、いいではないか。結局は、結論ありきなのだと思う。

私は、一意見一点とする方式と、一人一点で複数意見を述べた場合には等配分する方式をとってみた。後者の方式は、たくさん意見を言った者が有利にならないようにという、客観性を保つ姿勢だった。統計のとり方は、夫に習った。

出てみると、私が思った以上に、「子供の遊び場」は「シニアの憩い」を上回っていた。

もうひとつ言うと、第一位と第二位は、「子供の遊び場」「現状維持」だった。

ボール遊びについても、設問がないにもかかわらず、書いた人が多かった。その多くは、「続けさせてほしい」だった。賛成意見と反対意見を抜き出し、数を比べた。すると、「ボール遊び反対派」は、意外なことに少数意見であることがわかった。苦情というのは、声が大きいから目立つ。一方、現状維持をことさらに叫ぶ人はいないからだろう。

私は委員会に事前に通告し、発表の時間をもらった。ここまで明らかな数字を、誰も無視はできないだろうと思った。

発表したところ、まず事務方に、「統計をとるというのは非常にむずかしく」云々と言われ、「じゃあそちらの指定の手法でもやります」と言うとうやむやにされ、とどめにこんな意見を委員長が言ってきた。

「アンケートは、住民の17％が出したにすぎない。数は問題ではない！」

「委員長自らアンケート結果に意味が無いとするとは驚きです！　では、何が問題なのですか？」

「複数意見があるときは、弱者の意見が最も尊重されなくてはならない」

「ええっ！」

そう言って私は絶句した。

そんなことを言えるのは、強者ですよ！

自民党に共産党を直接接続したキメラを見る気持ちだった。後で、政治学者の中島岳志の本で知ったことだが、戦後の日本社会は、政治は自民党的、教育やマスコミは左翼的であったという。そう言われれば思い当たるふしがないではなかったが、こんな端的な産物を目の当たりにするとは、思いもしなかった。

弱者の皮をかぶった強者。

これほど厄介なものはない。

せめて、弱者の皮だけは、かぶらないでほしい。と言っても、それが通じるくらいだったら、今までに少しなりとも話が通じているだろう。

そして弱者と言うなら、この場合のいちばんの弱者は、子供だ。

数が少なく（自称老人より少ない）、発言権も認められていない。

こう言われる。「子供は学校のグラウンドがあるではないか」「野球のクラブだってサッカークラブだってあるではないか」などなど。

だが、不幸なことに、学校というのは、多くの子供達にとって居心地のいい場所ではない。また、「自由に体を動かすこと」と「競技スポーツ」は違う。何が悲しくて、体育教育では、勝負の世界だけが体育のように言われるのだろう？　それは、体を育《はぐく》むこととは別ものだと思ったほうがいい。別のファクターが大きすぎる。勝負事が好きでない子たちもいる。

余談だが、「スポーツで青少年の健全な人格形成をする」というよくあるスローガンについて、ひとつ言いたい。競技スポーツは、体力向上にはつながるかもしれないし、人との交流や、趣味的楽しみに、なるかもしれない。が、基本的には、視野を狭くすることが多いと思う。ルール以外のことを考えてはダメで、人がとれない狭いエリアにボールを落とすことばかりを考えるのがスポーツで勝つことであり、たった0・01秒の差で地獄のような気分になったりするのが、スポーツである。勝つためには手段を選ばないのも、目的合理的ではあるが、人格がよいとは言いかねる。しかし、そうなりがちなのもスポーツである。むしろ承認されたいじめの場となることがある。

私は球技が苦手だったのだが、中学校の球技大会のバレーボールで「真理狙って」とはっきり相手チームのリーダーがチームに指示していた。それは目的のための意志統一ではあるが、性格がよくはない。

また、スポーツはルールありきで戦うものだから、スポーツマンは独創的な発想の者というより、権力者と親和性があるような場合が多い。

ちなみに、学校の校庭が開放されているのは事実であった。そこにはこういうふうに書かれていた。

「まず登録をして、名札をつけて遊んでください。見守りボランティア募集中です」

閉塞感の正体

どうやら見えてきた。

委員会だけの想像力ではない。こういうことなのか……。

「子供は、管理された状況でしか、体を使ってはいけない」

恋さえもだ。かなり暗い気持ちになった。

自由さを奪うこと。その「見返り」は、「管理しやすくなること」。「代償」は「活気が失われること」。

そして、「管理しやすさ」という見返りは、すぐに結果が見えやすく、管理責任を問われることもない。それに対し「活気が失われる」には長い時間がかかり、それに対しての責任は、誰もとらなくてよい。なぜなら特定できないから。

委員会が終わってから、進行役や幾人かの委員たちと、雑談をした。

雑談をすると、みないい人たちである。

だけれど、進行役の人のぽろりと漏らしたことに、真実があった。

「長っていうのは、自分の任期に問題があると責任を問われますからね」

そうか。たまたま自分の任期に問題が起こって責任を問われることを、誰もが避けたいと思っている。誰もが責任を避けたいとするなら、管理を厳しくするのが一番の道だ。

自分の代で責任が回ってくることは、必ずしも自分の責任ではなく、他者の尻拭いだったりもするだろう。しかし、確率論で誰かには当たる。そして自分の功績ではないいい目を見ることがあるのも、確率論だろう。来たら、来たものを受け入れるわけにはいかないのか？

自分の代でだけは、責任が回ってきてほしくない、と考え、誰もが責任者になると規則を増やし禁止事項を増やす。

ようやくわかってきた。

大人とは、責任を引き受ける人のことだ。

「何かあったら責任は私が持つから、君らは遊べ」

と言える大人がいなかったら、子供は殺される。

そして、そう言えることが、大人であるということだ。

私は大人になりたいと、心から願った。そんなことといい年して言いだすことからして恥ずかしいし、私だって怖いし、ヘタレだけども。責任は自分が負うなんて、本当に言えるかどうか、いざとなったら、わからないけれども。それでも思い続けたいし、言い続けたいと思った。

子供が見て、「ああ、大人っていいな。自分も大人になりたいな」と思える人がいなかったら、誰も大人になんかなりたいと思わない。そうしたら、さらに誰も責任をとらない。

自分に子供がいようがいまいが関係ない。子供というのは、親以外の大人の味方がいなければ、とてもとても育ちにくいものだから。

私は二〇一一年度から文化学院という学校で教師をしてきた。大正時代からあった日本最古の共学校で、私が職を得た当時、高等学校相当の課程と専門学校相当の課程があった（高等課程は、学校の経営が変わったことにより二〇一四年度から新規募集停止。残念でならない）。そこで感じてきたのは、高校生、おおむね十五歳から十七歳くらいまでのティーンエイジャーが、面白そうな大人（教師）を感知して寄っていく力の、すごさだ。ほとんど動物的に、存在そのもので感知し、全身で、近くにいようとする。データなんて知らないし、恥も外聞もない。互いに何もしなくても、へらへらしていても、何かを全身で聴いている。彼らにとってはそれが、目に見えない必須物質を摂るような、それでこのさき生きていけるか決まるような、死活問題なのだと思った。

私自身の若年の時代を振り返っても、最大の痛手はなんと言っても、そういう大人（非教師）がいなかったことだ（教師だとよいのは、外だとまず出逢いにくいし、色恋がからんだりもしやすいから）。また、ちょっとヘンだったりもする面白い大人をたくさん採用してきたところは、その古い小さな学校の、尊敬すべき器量でもあった。

逆に、責任を回避して管理だけ厳しくする大人に育てられた子供は、大人を憎んで、自分たちが大人になった時に、かつての大人たちに復讐するだろう。「年寄りはそこで死なれたら困るから、共有スペースでのひなたぼっこ禁止」と言うかもしれない、冗談でなく。それは、かつて自分たちが言われたことの意趣返しである。

「人を管理する」とは、ここまでの想像力を持つべきことだ、本来。でなければ、管理は上手くいったが人に活気がなくなって日本は滅んだ、ということになりかねないから。

そういう空気が、私達が「閉塞感」と呼んでいるものの、正体だから。

日本の学校はなぜ軍隊じみているのか

「閉塞感」から連想するのはいじめだが、「いじめの対策」として「管理者の失態」ばかりが追及されるのは、何かが少しちがうのではないか。

いや、もっと言ってしまえば、「管理側の論理と都合」が最優先された結果、「いじめ」は陰湿化と悪化をたどってきたのではないか。そして「管理側の論理が最優先」というのは、なにも学校組織や教師にかぎらず、この日本社会にあまねくあるものなのではないか。

ここでいじめを「他者を害することで己の存在と優位を確認しようとする行為」「他者

を害することで自分が快感を得る行為」と私は定義してみたい。「双方熱くなったとき、どちらかもしくは双方が手を出した」とかいうのとは、区別したい。もちろん、「いじめ」はいじめられた側の心にこそ存在するから、その側がいじめられたと感じればいじめは成立する、これは当然であるが、前提にとどめる。家庭内暴力は、これを除外する。

　まあ、右記のような人なら、会社にもいますよね。周囲は、いじめてるほうの人格こそに疑いのまなざしを向けているので、自分の立場が確認されるどころか評判を落とす、たいへん残念なことをしている人ではあるのですが。

　このような意味でのいじめを学生がしているとして、それを見た教師その他の大人が見て見ぬふりをするとしたら、それはその人の人間性が問われるべきである。管理能力ではなく。じっさい、「管理至上」という意味で、日本の学校の右に出るものはそうそうはない、というのが私の実感なのだが。

　私は、前に書いたように日本の中学を出てからアメリカの高校に通っていたことがある。おそらくは親が、「軍国主義みたいな日本の学校制度」から私を逃したかったのだと思う。本当にそう思う。もう立派に「平和な世の中」だったけど。

　とはいえ、あまりに計画の詰めが甘いのと、それと異文化体験はまた別の問題であるということがあって、その計画からも落ちこぼれた私が別種の屈折を抱えてしまったということはあるのだけれど。

何が言いたいかというと。

アメリカの高校に行っていちばんカルチャーショックを受けたのは、「学校が軍隊じゃない！」ってことだった。

制服がある学校でも、おおむね似た感じの色柄を着ていればよく、指定の制服業者がいたり長さが決まっていたりするわけではない。髪型をとやかく言ったりする人はゼロで、メイクもOKだし、校内で男の膝に乗ってネッキングして濃厚なキスをしてようがOK、それが別に反抗的な子たちというわけでもなく普通の子たちだったし、優等生もいた。

日本の学校では、バイクや車に乗ることはなぜか反社会的とみなされ禁止されたのだけれど、アメリカ大陸には車がなければどこへも行けない場所も多く、そんなところで禁止もへったくれもなく、運転は単に普通のことで、事故を起こした生徒は法律の管轄下に置かれるのであって学校の責任ではなかった。朝礼も行進もなかったし、気をつけ－礼－休めもなかった。姿勢がだらっとしてるだの注意する教師はいなかったし、もちろん国歌を歌ってるときお前は口パクだろうなんて見て回って指摘する憲兵じみた人もいなかったし、それに同調して点を稼ぐ小役人みたいな人もいなかった。

本末転倒の管理至上主義

考えてみれば、学校が軍隊的である必要はどこにもないのだった。学校は人間性と学問のためにあるのであって、それは軍隊や家など外の論理からは守られるべき場であるのだった。

上履きのラインの色がちょっとちがうだけで浮いてしまっていたたまれない気分になったというような話をよく聞くが、そこまでの同調圧力を持つ集団は、どこかがおかしいのだった。

学校は足並みをそろえて行進したりする場ではないし、朝礼があって、気をつけ礼休め、したりする場でもない。

規律を学びたければ別のところがある。たとえば、それこそスポーツのクラブ。

そしてもう一度考えてみれば、母国の学校教師たちの仕事の半分は、憲兵みたいなもんだった。そりゃ、疲れ果てるよね。そこにさらなる管理をと言われたって、教師だって身がもたない。

アメリカがよかったとか言ってるんじゃない。じっさい私はアメリカで傷ついたし、うまくいかなくて帰ってきている帰国子女のなりそこないだから。

だけれど、学校は勉強するところであって、勉強に軍隊的要素が入ってくる必要は、冷静に考えて、どこにもない。

規律は、同じ時間に集まって同じ場にいるということがすでにそうであって、それ以上に身体的縛りに求めなくてもよい。

私が子供の時から、君が代や日の丸の議論はあった。

今でもある。

けれど驚くべきことに、「『気をつけ』や『休め』こそ軍隊由来だからやめよう」と言った人を、私は一人も知らない。そのほうが、子供の身体に直接加えられる軍隊的な拘束なのに。

日本の学校は、若い人間の身体性に規制を加え、それを管理する場にもなっている。というか、その機能のほうが大きいようにも思えてならない。むろん、これは本末転倒なのである。

日本という国家は、明治期に近代的な機構をいっぺんにつくった。そのとき、組織の作り方として、軍隊をすべての雛形とするのがいちばん手っ取り早かったのだろう。それは、第二次世界大戦に敗れて、平和が至上になったところで、ちっともかわらない。いかに「軍隊を持ちません」とか「（戦争という）過ちは二度と繰り返しません」と唱え続けても、基本的な体質のようなものは手つかずで継がれている。遺伝が究極の無意識のものであるかのように。それが、誰も「気をつけ、休め」に疑義を挟まない意味であり、身体化してしみこんだもののほうが、意識化できるものよりよほど厄介なのである。

中学校で武道かダンスが必修になる（この組み合わせはアホみたいで、伝統に誇りを持たせたいなら選択肢は「武道か舞」とか「武道か茶道」などにすべきだし、その武道は、今のスポーツ柔道とは違うものにすべきだ。また、文科省のホームページにある文言、武道を通して「勝負の面白さを学ぶ」と言うなど笑止だ、武道は勝負ではない。そもそも「体育」の中身がなぜ競技スポーツばかりなのだろう？　体を育むという大事なことには、季節ごとの過ごし方や、生理や風邪のときの過ごし方、経絡《けいらく》のことなどがいいではないか。そちらあってこそ、体を育むということだと思う。体を使って点をとって競うばかりではなく）。

けれど、いま風営法で、禁止しようと検討している事項にばっちり「ダンス」という三文字がある。

要するに、どこも同じ管理の論理でできていて、ダンスなどの若い人間の身体性は「学校などの管理のもとでのみしていいこと」なのである。

身体性や自然な衝動を管理されることのつけは、目にはよく見えないけれど、積もり積もって、とてつもなく大きいと思う。

後日談

公園をめぐる委員会に、たった一人、盟友がいた。彼女と私は、現状維持的な改修を求めて、それをなんとか住民たちに周知しようとしていた。

委員会で私たちに分はなかった。けれど、アンケートを見る限りは、現状維持派は多数なのである。住民を動かせたら、もしかしたら勝ち目があるのではないかと思えたからである。

それは、「議会」というよりは住民運動を意味するかもしれなかった。そして狭いコミュニティで住民運動を行うことは、それなりの覚悟がいる。が、私は、もしこれが民主主義なら、私は住民の代表だと思っていたから、あくまで住民の声を代表する者でありたかった。民主主義って、本当は何なのだろうかと考えた。いや、本当の本当は、「管理」の論理ですべてが進もうとすることが、我慢ならなかったのかもしれない。

私たち二人は、いくつかのことを提案した。

委員会で話し合われている経過を住民に開示すること。アンケートを出した人たちは、その行方が気になっているはずであるから。

必要ならアンケートをもう一度とること。

最終的には、住民投票を行うこと。それは住民の公園なのだから。

右のことごとくは、却下された。

が、それを話し合ったり、委員会でプレゼンしたり、住民に働きかけることを考えたことが、何かになった気は、している。

なぜだかはわからないのだが、大規模改修案は、上位団体である区議会で却下されたのだ。

公園は今現在も、子供がボール遊びをできる公園であり続けている。私はその一年後くらいに、本件と無関係な理由で引っ越したが、たまにたずねると、子供が変わらずキャーキャー遊んだりたむろしたり（これ大事！）しているのが、いちばんうれしい。

学んだことがある。

何かに対して動くこと。声を出すこと。それは、そのものずばりとしては実を結ばないかもしれない。

けれど、何かは、変える。小さくても。

公園の一件は、そんなことを、私に教えてくれた。

第8章　憲法を考える補助線

people という概念

『東京プリズン』を書いていて、書き進めるほどに重要になった概念に"people"というのがあった。リンカーン大統領が

"The government of the people, by the people, for the people, shall not perish from the earth."

と南北戦争の最中に言った、あのpeopleである。これは、「人民」と訳されたが、英語で日常会話に多出するごくふつうの語でもある。この語は『東京プリズン』の冒頭に、ある偶然から出てくる。

が、使ううち、それが民主主義の根幹をなす概念なのではないかという直観が私にやってきた。

peopleは「国民」とはちがう。「国民」に先立つ個々の集合であり、時に国家と対立することもある。あるいは同じアメリカ合衆国国民であっても、「私たちpeople」と「彼らpeople」は違うかもしれない。利害が対立するかもしれないし、無関係かもしれない。

peopleは「国民」のように、ひとくくりにできない。それがpeopleの柔軟さであり、いかようにも離合集散しかたちを変えるところであり、ばらばらにもなるところである。

それがひいては強さかもしれない。まさに「草の根」という感じでもある。

書き進めるうち、はたと考えこんでしまったのは、日本人はこれに類する概念を持ったことがあるのだろうか？　ということだった。

日本人には、「日本国」を意識したことのはじめから「国民（臣民）」という概念がやってきた。「国民（臣民）」という枠組が、明治国家樹立と一緒で、そこにおいて、どんなに違う一人一人でも、国民という意味では同じになった。それが証拠に、「臣民」はどの一人も残らず天皇の赤子だという。それに疑いを唱える人もほとんどいなかったし、それは許されもしなかった。あっという間に「国民皆兵」や「国家総動員法」がやってきて、「国家総力戦」に進んで行った。この日本国の軍隊は、一度も、義勇軍であったことはなかった。「進め一億火の玉だ」は、戦争が終われば「一億総懺悔」だ。

そして、民主主義は、占領軍によってしか、完全になされなかった。

現在の私たちは、民主主義の世の中を自明のことのように感じている。が、民主主義の本質は、日本人自身で構想されたことはなかった。

すべての枠組やイデオロギーに先立つ people という概念を、日本人は持ったことがあるだろうか？　ないとしたら、「国民の民主主義」というのは、最初から字義矛盾ではないだろうか？

日本史上、peopleに近い語を使ったのは、ただ共産主義者のみであろうと思う。彼らは「人民」という語を使った。この「人民」は「日本国」と利害が衝突することがあった。しかし「人民」は「労働者」や「無産階級」とほぼ同義であり、この後ろには共産主義というイデオロギーがあった。

国家、イデオロギー、すべてに先立って存在する権利が人にはある。その認識こそが、「民主」主義の本質であるのならば、民主主義の体感を日本人は持ったことがあるだろうか？　私は、ない。

生まれてこのかた持ったことのない感覚を、「生得の権利」として行使できるという信念も、そのやり方も、私にはわかっていない。それを認めざるをえない。

現行憲法が押し付けであるか否かの議論より、こちらをまず嚙みしめたいと私は思う。くり返しになるが、翻訳概念である多くのことを、その訳語をつくる段階から精査しなおさないと、そもそも国際的にずれた認識のまま議論しつづけることにもなりかねない。

保守派という名の改革派

二〇一三年の夏ごろからにわかに巻き起こった「憲法改正」議論のことを、ためしに「憲法改革」議論と私は呼んでみたい。なんと呼んでいいのかわからないから。

自民党案を見るに、あれを「憲法を改正＝改め、正す」ことだと言う気には到底なれず、と言って、昔の左翼みたいに「それは改悪だ！」などと叫ぶ気にもなれない。

しかし、「改革」と呼んでみると、ことの本質が少しわかる気がしてくる。

近年の目立つ政治家の中で「保守派」「保守反動」などと呼ばれた人たちは、実のところは「急激な改革派」だった。それが私にはずっと不思議だったのだ。なぜなら、「保守」というのは「物事を変えるなら穏当に変えていこう」という態度のはずだから。したがって、「保守反動」というのも、字義矛盾である。保守とは反動的な態度ではない。

近年の「保守派」は、実のところどういう「改革派」だったか。

決まって「より自由主義の方向」への改革派だった。小泉純一郎もそうだし、二〇一四年一月現在の総理大臣、安倍晋三もそうだ。

彼らは、時局が停滞してにっちもさっちもいかなくなったときに現れ、何かを動かし、それによって一定の成果を上げる。支持される。ただ、その方法は、長い硬直と停滞を引き起こした、当のその方法と本質的に同じなのである。時間差でやるから、あたかも新しいことが行われ成果が上がったように見える。有無を言わさず間髪を入れずやるので、劇的に振り子が振れる。停滞しているところだから、断言口調にちょっとシビレてしまう人が多い。

そうして改革（や規制緩和）がなされた結果、小泉改革の後には、貧富の差が増大し、弱者がより弱い立場に追いやられ、比較的強者もいつ弱者の仲間入りをするかわからない社会となった。

平たく言ってしまえば、保障のない非正社員と、少ない数で過重な労働を回す正社員かしかない、硬直した会社員の世界へ。

それは本当にすべて会社員の比喩でなりたってしまう。農業や漁業なんか、語られやしない。農作物や海産物、それらは外国から安く買えばいいのだろうか？　経済封鎖されたことから太平洋戦争へと雪崩を打ったことは、中学の教科書にも書いてあるのに（因果関係がきわめてわかりにくくだが）。何がなくても最低限、水と食べものがあれば人は生きていけるのに。

でも、不思議なことだが、「改革」と言うと、なぜか、いいことがなされるような響きがある。

それが「改革派」が、不思議と大衆的支持を得てしまう理由なのかもしれない（往々にして、改革の犠牲となった層が、改革を支持してきたのが近年の特徴でもあった）。「革新」ともちがう何かが「改革」にある。

しかし、「改革」の意味を私たちは精査したことがあるんだろうか？

漢字は一文字に一概念が宿っている。「改」の意味、「革」の意味、ひとつひとつを詳しく言える人は一般的日本人にどれだけいるだろうか？　「あらためる」という訓読みがある「改」はまだしも、「革」はどうだろう？

「革」と単体で見ると、ちょっとびっくりする。なぜ「かわ」？　「加工された動物の革」がこんなところに？　と疑問に思う。少なくとも私はそうだ。

ためしに簡単に調べてみると、改も革も、「あらためる」という意味だった。「革」は、伸びてたるんだものを替える、という意味である。革を取り替えることがそんなに大事であるという感覚は、家畜や革製品と共に生きる歴史をあまり持たなかった日本人には、もしかして、ないかもしれない。しかしこの字こそは「革命」などの大事に使われる、最も程度の重い「あらためる」であるようなのだ。

――こんなふうに考えるとき、幾度目かの、叩きのめされるような感覚がやってくる。私たちは、一体私たち自身の言語を、どれだけわかって運用しているのか。いや、わからないままわかったように運用しているのか。

「憲」法って？

本当は「国家構成法」とでも言ったほうがよかったのではないだろうか？

まじめにそう思う。

Constitutionは、通常の法とちがい、国を規定するための法である。それは一種、特別な法だが、特別ということは、「憲」という字からは伝わってこない。

「憲」って、本当にどういう意味なんだろう？

たった一人、即答してくれた人がいた。その人はフランス文学者だった。

「『憲』は、おきてという意味だから、憲も法も同じようなことを言っていることになりますね」

なんてことだろう、「憲法」には、私たちが「憲法」と思っているような意味は本来、ない！

二十人くらい訊いて、最後にたった一人答えられた人が教えてくれたのは、そういうことだった。

翻って、Constitutionと英語で言われた英語圏人なら、子供でも、その語のなりたちを簡単にイメージできる。それは「憲法」用の特別な単語ではなく"constitute（構成する）"という動詞の名詞形だから。こうしたいろいろな単語を英語でなんというのか、いくつか引いたことがあるが、いずれもそれ用の専門用語ではなかった。たとえば「三権分立」は"separation of three branches（三つの枝＝部門を分けておく）"。

私たちは、漢字熟語に「まとめよう」とすることに慣れすぎているのではないだろうか？　それで、知らない概念を、さらにわからないものにしていないだろうか？

子供が憲法を辞書で引いたとして、その意味は出てくるけれど、「憲法」という言葉自体の構成は、明らかにならないし、「憲法」という言葉に接するだけでは、その成分は伝わってこない。日本人はすでに漢籍の素養を身につけなくなって久しい。しかし漢字抜きでは生きていけない。そういう民だ。

自分が漢語と日本語を自分の好きにエンジョイするのはいい。でも、気をつけないと、自分が思うその概念が、相手にとってはまるでちがうということが、同国人同士の中でさえ起こり得、ある概念や解釈が、権力者に都合よく使われるというようなことも起こりかねない。それが起こりやすい言語を使っているのだということだけは、よくよく注意した方がいいと思う。

なぜこの平時に？

二〇一三年の憲法改革派が唐突に見えるのは、憲法を変える議論の始めとしては、「平時すぎる」からだ。この平時すぎるところが、逆に厄介かもしれない。人々が実感を持たないうちに何かが進んでいくおそれがある。それを意図しているとは思いたくないが、注意するに越したことはない。

まずは変える手続きの変更のほう、第九十六条の改変（この場合は「改変」が適切だと思う）からとりかかろうとしているのだが、方法を変えることは、後々まで響くから、実感を持てなかろうが、注意しなくてはならない。

今は「有事」では、もちろん、ある。

が、憲法改革派は一方で、肝腎の有事に対しては、現状維持以上の「現状推進」という側面も、持ちあわせている。

深刻な原子力発電所の事故が起きて国土の何％かが人の住めない土地になり、その原因である地震が未来も多発する国土であり続けても、原子力発電を推進する。

あるいは成長戦略と言いながら新しい「戦略」はなく、手始めの戦法は紙幣の増刷とレートをいじるだけのバブル方式であった。将来を見据えた新しい産業や有望な企業（起業）を支援するのではなく、現状ですでに大きな企業を支援し、そこを起点に経済を活性化させようとする。それは経済の「賦活」方法ではあるかもしれないが、カンフル剤的なもので、「成長」戦略ではない。「成長」とは、将来に大きくなるものを今見出して育てることだ。

どうしようもなくちぐはぐな感じがする。

いや、ただ、よりあからさまになっただけなのかもしれない。

私たちはずっと、こういうちぐはぐさを生きてきたじゃないか？

環境破壊をしたい人はいないと言いながら、お金が回ること以上のことはないという態度をとり、お金より大切なものがあると言いながら態度ではそれを裏切った。子供がすこやかに育ってほしいと言いながら、子供の遊び場はとりあげた。お金が回れば、君たち末端も潤うのだからと。裏切られる方も慣れてしまい、傷つかないように、感じることをやめてしまった。

ちぐはぐがあまりに「平時」だから、感覚が麻痺しながら、感覚を麻痺させながら、生きてきたじゃないか？

見えない呪縛

何が保守なのか？

こういうことが変わらないことにおいて、保守だとは言える。

どういうことが？

「戦後」（本来は、第二次世界大戦後、と言うべきである）というものの本質が。

一九四五年に第二次世界大戦で完敗し、しかるのちにアメリカの一国占領を受けた、ということの本質が。

二〇〇九年に民主党が政権をとるまで「戦後」とほとんど同等に語られてきた派閥と密室と談合の「自民党政治」とは、要するに「見えないところでやるアメリカとの調整弁」だったのだ、という本質が。

そしてそれは今もこれからも変わらないのだ、ということが。

それが、見えるようになっただけと言うべきか。

見えることは、見えないことよりいいのだろうか？

見えるようになった頃には、大半の国民に、本質とのかかわりなどわからなくなっている。だから、ぶっちゃけてしまってもかまわないということなのだろうか。

アベノミクスの基本は、バブルだった。バブルがあれだけ悲惨なことになったのに同じ手を繰り返そうとするなど、歴史に学んでいるのだろうか（昭和のバブルは、円ドル換金為替レートをいじることで、お金の相対的価値が労働抜きで増すことから始まった。持っているものが変わらなくても、見かけ上の価値が増す。バブルの本質は、実体経済に対するマネー経済の先行というのはもちろんなのだが、「相対的な感覚」が人心にもたらす麻痺感であった気がする）。

こうも言える。事の始まりが、見えなくなったのに作用し続けていること。呪縛であり続けること。それは、見えるよりずっと悪い。呪縛は、見えるより見えないことのほうが、ずっと酷い。何に取り組むべきかまったくわからないから。身近なところに敵を探してしまう。その攻撃するものは、敵でもなんでもない。そして人々は往々に、本当の敵を応援してしまう。

日本の「保守」はなぜ「タカ派」?

日本の「保守」の不思議な点はまだある。それはすぐに「タカ派」とすりかわることである。もっと言えば、「タカ派」とすりかわることに多くの人が疑問を持たないことである。

「保守」の字義に戻るなら、それは「穏健派」であるはずである。なのになぜ対照的な「タカ派」とすぐイコールになるのか?

政治学者の中島岳志は、日本の「保守」のこの矛盾を、「彼らはただ『アンチ左翼』であり、保守という意味を突き詰めて考えたことなどない」からだという。

「戦後」の日本には、ある大きなよじれがあった。政治は右翼的でありながら、言論や教育は左翼的だった。前者に自民党、後者に日教組をあてはめてみると、いちばんわかりやすいかもしれない。だから、平和や反戦が至上の美質のように語られる一方で、政治は対米従属、ひらたくいえばアメリカに承認されればよし、さもなくば押さえつけられる、ということを繰り返してきた。

だから、憲法改革にしても、文字通りの保守派であるなら「もらいものであろうと長く続き、国民にも愛されたのにはそれなりの妥当性があるはずだ。軽々に変えていいものだろうか」と慎重になるはずであるのに、「日本的保守」になると「憲法第九条の改革を主張するのが保守」のごとき転倒が起きている。

急ごしらえの近代国家

唐突なタイミングで憲法改革論が出され、これは国民に実感を持たせずに改革を進める手か？　と思わないでもない。危ないことだ。当事者意識を忘れずにいよう、と思う反面、こう気づく。当事者意識とは、もし本当にあるなら、忘れないようにと思ったりしない。「国民主権」と言うけれど、大半の日本人は、憲法の当事者であると本当に感じたことなんか、ないのじゃないだろうか？

憲法改革派の言い分として、「アメリカによる押し付け憲法だから」というのは根強い。たしかに現行憲法は、一九四五年の敗戦によって、当時日本を一国占領したアメリカのＧＨＱの手によって書かれたものだ。

けれど、そもそも、「憲法」という概念からして私たちのものではないんじゃないだろうか？

日本の歴史の悲しさの一つは、あることを、内側から本当に欲する前に、外から受け容れざるを得ない状況になることだ。幕末に開国を強いられ明治に突貫工事で近代国家の体裁を整えたとき「欧米列強にはあるから」、憲法はつくられた。それ以上の理由は見つけられない。憲法という概念を、腹の底から欲したわけではない。それは私たちの血肉ではない。

憲法の原語は“Constitution”、その意味も、日本人は、わかったわけではなかった。けれど、必要だから大急ぎで輸入して、そこにさらに外来の文字である漢字を、当てはめた。

文字だって、もとは輸入だったのだ。「漢字」は英語では「中国の文字」とずばり言うことにかつて驚いたことは、前に書いた。そのとき、二重に驚いたことを、よく覚えている。「漢」の字ですよ、とそこに書いてあったのに、十五のそのときまで、目の前に書かれたその字は、見えていないのと同じだったのだから。

日本語の成り立ちや歴史を、日本で、日本語で教育を受け「国語」という授業があっても、私たちは決して習わない。日本語や国語自体が、それに対する目隠しに働く。

ある時代まで、日本では公文書は漢文、つまり中国語だった。それが今使っているような現代日本語となるまでに、さまざまな努力や苦労がある。が、そのことが現在とつながるよう教えられない。日本の多くのことが、こういうふうである。

外来のものが悪いというのでなく、せめて、来歴やつながりは教えてほしい。それを教育というのではないだろうか。自分が現在だけにぽつんと置かれたようなよるべなさ、それは自尊心を蝕む。愛国心などというものは、自尊心なしにあるものではない。

憲法を知るとは？

今、憲法改革の唐突な議論を受けて、私たちの憲法を知ろうという気運が高まり、一部のコンビニなどでも憲法の本が売られているらしい。が、先に書いたような理由で、日本国憲法をいくら隅々まで読んでも、憲法というものの「概念」はわからない。

少なくとも、大日本帝国憲法と比べてみるべきだし、自民党の改正案とも比べるべきだし、外国の憲法にも目を通したほうがいい。日本と同じ敗戦国であり日本とは対照的な戦後を歩んだと言われるドイツの憲法を読むのはためになる。

また、「憲法」という概念の元となったフランスの人権宣言や、アメリカの独立宣言を読むと、憲法概念への理解が深まるだろう。導入くらいは、大した労力ではない。ざっと見渡すだけでも、理解は進む。西洋の概念に自分たちを合わせるべきだというのではない。でもそれも、読んで、元が西洋の概念だと知って、言えることだ。そのくらいはしてやっと、憲法というものの概要がわかってくるのではないだろうか。

こういう複数の憲法に触れることが学校教育でも行われて、すべての議論は、そこからだと思う。

また、憲法に関する国民投票があるとき、子供にも投票権があるべきだと私は思う。国の骨格ともいうべきものが変えられて、ある法が施行され、それの本当の影響下で生きることになるのは、現在子供である人たちだから。憲法が「どういう国にしたいか」という願いそのものであるならば、彼らほど、それを思い描き起草するのに、適した人はいない。

明治を、取り戻す!?

日本国憲法は、別名「平和憲法」とも呼ばれる。だけれど、ありのままに見ると、構成は大日本帝国憲法にそっくりである。第一条から第八条までが、天皇の規定でできているところ（大日本帝国憲法では、第一条から第十七条まで）。有名な第九条「戦争の放棄」はその次であり、「国民主権」に至っては、そのまた次である。

そして、自民党改正案を見ると、もっと大日本帝国憲法に似ている。天皇をはじめに「元首」と規定するところ（「元首」の定義は、「保守」以上にあいまいだ）。

「日本を、取り戻す」というコピーがついた自由民主党のポスターがあった。安倍晋三が何かを力説しているポーズのやつだ。どんな日本を取り戻すのだろうと思っていた。明治を、取り戻すのだな、と思った。しかし明治とは、それまでの国も生活様式も、壊してつくったものではないのか。私たちは、いまだにそのひずみの只中を生きているのだと思うのだが。

とにかく自民党改正案は、明治憲法とよく似ている。国民が国家権力に対して抑止力を持つ、憲法本来のあり方よりも、国家への「義務を負う」の文言が目立つ。たとえば、「日本国民は、国旗及び国歌を尊重しなければならない」（第一章　第三条　二項）。何これ!? 瑣末な条文を揚げ足取り的に見ているのではない。瑣末な表現にこそ、往々に本質が宿る。

現行憲法の「福祉」を「秩序」と言い換える箇所も目立つ。野党の論客にはこうしたところを勘違い呼ばわりされるが、彼らの勘違いはナチュラルなものなのだろう。彼らの中で、憲法とはそういうものなのだろう。曲がりなりにも自国民がつくった大日本帝国憲法だけしか、見ていないのかもしれない。

大日本帝国憲法の序文の最後の文章はこうだ。

「現在及将来ノ臣民ハ此ノ憲法ニ対シ永遠ニ従順ノ義務ヲ負フヘシ」

そして、自民党改正案では、第十一章「最高法規」の中に、大きな削除と追加の箇所がある。

削除された条：
第九十七条「この憲法が日本国民に保障する基本的人権は（中略）現在及び将来の国民に対し、侵すことのできない永久の権利として信託されたものである」

追加された条：
第百二条「全て国民は、この憲法を尊重しなければならない」

数えきれない翻訳の果てに

自由民主党の「日本国憲法改正草案」は、現行憲法との対照表になっている。内容は別として、親切なつくりではあり、素朴なことに気づく機会をくれた。

それは、現行憲法でさえ、できたときは、今の「現代日本語」のようではなかったということである。たとえば「第七条　十　儀式を行ふこと」のように。

これは、現行憲法の起草に関わった日本人たちの自然が、まだ旧仮名遣いであったということだ。そして、この憲法の起草過程には、「(日本語の)口語訳」係がいたという。作家の山本有三(『路傍の石』などの作者)が口語訳に携わっていた。

二つのことがわかる。

1、日本語は、「戦後」と言われる時代の始まりにおいてさえ、いまだ今日のような言語ではなく、「今日のようになりつつある」生成途上だったこと。今の日本語は、ごく新しいこと。

2、現行憲法は、英語からの翻訳だが、日本語内においてさえ「翻訳」を必要としたこと。それでもなお、旧仮名遣いは少し残ったこと。

“Constitution”が「憲法」となり、漢籍(つまりは日本の中国語)に親しんだ人たちの手でプロイセン憲法を手本に大日本帝国憲法が書かれ、それが廃棄された後に、占領軍ＧＨ

Qの手で英語で書かれた草案をまた「憲法」にするために日本語訳して、そうして出来てきた日本語を、日本人が日本人のためにさらに口語訳した。

言い換えれば、数えきれない「翻訳」を経て、日本国憲法は今、私たちの前にあるのである。


いささか余談だが私はたまに、日本人がいずれ世界で唯一漢字を用いる人々になるのではと思うことがある。昔、中国語と漢字を使っていて、ある時点でそれをやめた国はアジアに多い。中国語と漢字しか、文を書ける文字がなかったときは、土着の言語を漢字に直していたが、あるとき廃止した。韓国もそうだし、ヴェトナムもそうだ。ヴェトナム建国の父と呼ばれるホー・チ・ミン（一八九〇〜一九六九）が獄中で書いた詩を見たことがあるが、漢文の教科書に出てくる詩みたいでびっくりした。

中国が漢字を廃止するわけがない、と言う人がいるとは思うが、「漢字だけでできたものは、別の何かにそっくり置き換え可能」であり、もし本当に必要なら、そうするだろうし、表記の全くの使い分けというのも、中国語には可能だろう。

外国語を自らの文脈に組み入れて、異物を異物のまま骨肉化してしまったような日本語こそ、そこから外国語を抜き去れないのである。

原則に立ち返る

いま一度、原則に立ち返る。

憲法を「国家構成法」と思って、読んでみる。

国家を成り立たせる「成分」と「力とその出処」そして「構造と機能」。それらが書かれたものとして、日本に存在した／存在する、その法を虚心坦懐に見てみる。国家というものが、願望や理想も含め、どういう要素と働きでどうつくられているか。Constitution というのは、「成り立ち」の意味である。だったら「憲法」もそういう設計図、青写真のはずだ。だから、そう読み解いてみる。

その前に点検しておく。

日本においてその意味での「憲法」が現れたのは明治の大日本帝国憲法がはじめてある。

念のためおさらい。聖徳太子の十七条憲法は、憲法という名だけれど——というか、後の憲法が、この十七条憲法から名前をとったのか？　関連性を明らかにしているものは、私が読んだ限りの資料にはなかった——、行動律・道徳律や「徳」の在り方を説く説話に近く、その国のかたちに関する記述はない。

「憲」とは、前に書いた通り「おきて」の意味だ。だから、「憲」「法」とは、同じ意味を重ねただけの言葉となる。「河川」「増加」などの同じ意味の字を重ねる中国語の伝統に則った言葉だろうか。

中国に範をとった「律令」は、詳しい刑法などをそなえているが、この法の上位法はない。つまり、これら法体系の権力の出処を規定している法は、ない。

一般法の上位に位置づけられ、それらの一般法を成り立たせる根拠を示した法こそは、今で言う憲法であろう。

大日本帝国憲法の直近の過去までの日本社会で、最も機能していた法は、北条氏のつくった武家社会の「御成敗式目」だと言われる。これにも、上位法はない。言い方を換えると、その体制自体を、どういうものであると、外から記述したものがない。内側に向けた、勧めや戒めの集積である。

明らかな外部が発生したとき、その国の「かたち」を規定する必要が生じる。憲法とは、内をまとめるとともに、外に対して語る、その国の成り立ちである。そして、それを語る必要が生じたとき、日本という国には、内側からの欲求が一般レベルで成熟するまでの時間がなかった。日本の初めての憲法、大日本帝国憲法は、西洋の二千年、その歴史と様々な視点を、一年ないし数年で成すための、世にもアクロバティックなテキストであったと、私は思う。

天皇は日本国の「元首」、なのか？

諸般の事情で日本に天皇制が残り、そのことに関する規定が一条から八条を占め、次に人類史上革命的な「戦争の放棄」を謳った九条、次いで国民主権を定めた十条——そんな日本国憲法も、かなりアクロバティックな合わせ技をした憲法だと、虚心坦懐に見ると、思う。

けれど、前にも述べたが、構造自体は大日本帝国憲法と変わらない。そのことが、大日本帝国憲法と地続き感のある憲法改正案を、出しやすくしている気がする。

二〇一二年四月の自民党改正案を併せて、三本見通してみたとき、そう感じた。

二つの憲法の比較に、二〇一二年四月に決定された自民党改正案を加えてみる。そうすると、ことの本質が、よく見えるように私は思う。

自民党改正案には、「第一章　天皇」の第一条、天皇の存在自体の規定に関する条文に、ささやかかつ重大な加筆がある。

現行では「天皇は、日本国の象徴であり日本国民統合の象徴であって……」

そこにこう加える。

「天皇は、日本国の元首であり、」

「元首」。

元首とはなんだろう？　その定義ができて使っているのかは疑問だが、辞書で引いてみる。日本語の言い換えはただの平行移動になることが多いので、英語だとどうなり、通常どの立場に相当するかを見てみる。

英語ではHead of Stateであり、通例として、大統領クラスである。

憲法が、内なる統合を目指すと同時に、外に向けられた自らの記述書であるならば、この単語を使うのはまずいだろう。

自称「保守派」で比較的「右翼的」と自認するであろう安倍首相が、天皇に今よりも積極的な意味を持たせたいと思った希望自体は理解ができる。けれど、権力を渡す気などさらさらないのに、「元首」である、と内外に向けて記述するのは、まずいだろう？

しかし……。

私はここではたと考えこんでしまった。
それが、明治に日本国をつくり運営し記述した者の、したことではないのか？
天皇権威を崇め、利用し、しかし実権を与えない。

一方、明治憲法には、明治憲法だけを読んでもわからないものが存在する。
明治の元勲と呼ばれる、近代国家の立役者たちが、法規内には書かれない超法規的存在として、国家運営をしていた。彼らは天皇を、幕府打倒と近代国家樹立の旗印として使い、最高権力者と憲法にも記述しながら、実際には権力は渡さないような運営をする。見方を替えれば、何かあったときに、天皇に責任が及ばないように仕組みをつくる。テキスト内で言えば「総攬」「協賛」などの解釈の幅が広い言葉にミソがある。

「天皇は国の元首」という記述が、大日本帝国憲法にある。第一章第四条である。

第四条　天皇ハ国ノ元首ニシテ統治権ヲ総攬シ此ノ憲法ノ条規ニ依リ之ヲ行フ

自民党改正案のテキストが言うことは、「権威はあの方に、実権は私どもに」ということとである。

自民党改正案はまるで、明治に行われたことの、明文化のようでもある。

明治の日本はどんな国家だったか

テキストというのは正直なものだ。思惑や運用の仕方がどうであれ、原典のテキストには、実はありのままのすべてが書かれている、そんな気持ちがすることがある。「読書百遍意自ずから通ず」という古い諺があるが、テキストを虚心坦懐に読むと、わかってくることというのは、本当にあるものだ。

明治の元勲（元老）たちは、自らをテキスト内に立場として規定しなかったため、その存命中にはうまい匙加減の采配を発揮することができたが、その死後には、テキストは、限りなく解釈の幅があるものとして独立する。彼らが権力を発揮したり抑制したりするための空白であったところに、別の思惑や権力が入り込む。そのうえ、どの権力も、権力を一本化できない。

大日本帝国憲法の中で、「国民」に相当するものは「臣民」である（英語では subject）。

つまりは、国民は、天皇の臣下である。

そのうえ、草の根レベルに信じられたことには、臣民は、天皇の赤子（赤ん坊）である。

ここには、中国由来の概念で言う「忠」と「孝」が一緒くたになったものがある。忠は主君に対する献身。孝は、親に対する孝行。

つまり天皇は、神であり、主君であり、親である。

究極の問いを発してみたい。

これは一体どういう国なのか？

習ったことを全部忘れて、ありのままに映ることを言ってみたい。

神聖封建国家ではないのか？

私は、学校でこう習った。

日本は、明治に近代国家になり、急速に近代化を果たした、と。

後に習ったことと、原典の記載がずれている場合、原典を信じるのが筋であろうと思う。

だとしたら。

明治の日本は、近代国家では、なかったのではないか。

それが近代国家間で戦われた第二次世界大戦を戦い、敗れて、今日に至る。

私たちはまだ、明治以来のその余波から、立ち直れているとは思えない。

0と1の間にあるもの

あなたは改憲派ですか護憲派ですか？　と訊かれた場合――。

私は、どちらかと言えば現行憲法を護ったほうがよい、と考える。

その理由は簡単で、自国の政権とその暴力運用能力を、全く信じていないからである。

また、私たちは非常に低い暴力運用能力でもって大戦を戦い、暴力運用能力の低さゆえに無駄な犠牲をあまりに多く出した。そしてそのことを検証しないし、したがってそこから何も学んでいないのだから、戦争がまたできるとは、私は思わない。また戦争をしたら、この国は今度こそ自滅すると思う。それを敗戦ではなく自滅だと、私は思う。いささか屈辱的だろうがなんだろうが、憲法に戦争ができないというタガがはまっていたほうが、ずっとましである。

「憲法に対して国民投票を」という主張もある。

けれど、そもそも、維持か改変かの間にあるものを、私たちは全部並べて見たことがない。

0か1しかないのだろうか？

AかBか、イエスかノーかの、間に何があるかを、私は知りたいのだ。

そんなことを思索しているとき、私は鶴見俊輔へのインタヴューに出会った。

改憲か護憲かで言えば、鶴見は有名な護憲派である。

しかし、素晴らしいのはやはり、0か1かの間にある何ものかだ。その部分の豊かさが、未来の質を決める。そのことを、鶴見俊輔へのインタヴューは教えてくれる。

以下、インタヴュー。

――いまの憲法をどう思われますか。

そりゃ、いい憲法ですよ。でも、残念ながら英文の方がよい。

――ということは。

草案のなかに「オール・ナチュラル・パーソンズ（すべての自然人）は尊重されるべきだ」とあった。私生児も、外国人も、何人も尊重されるという、素晴らしい精神なんだ。でも、削られた。これは世界を前に進める偉大な知恵だったんだ。

（今井一『「憲法九条」国民投票』より）

これを読んだ時、鶴見俊輔の見識の広さと深さに感動した。

と同時に、アメリカというものの懐の深さにも胸を打たれた。

鶴見俊輔の話には、彼個人のすばらしさとかけがえのなさを示すとともに、彼の抜き差しならぬ部分を育んだアメリカという国の懐の深さを感じさせるものが多い。たとえば、日米開戦時に鶴見はアメリカのハーヴァード大学にいた。その頃、アメリカでは日本人や日系人への弾圧が強くなっていたが、ハーヴァード大学は、敵国人たる鶴見俊輔に、一切そういうことをしなかった。

曰く「ハーヴァード大学の歴史は米国の歴史より古いのだから」

これこそ本当の草の根の民主主義、「民が主」であり、民は国家に先立つ、という態度ではないだろうか。民主主義とはこういうことだ、決して多数決のことではなく。

戦争に負けるとわかっていながら、鶴見が「自分は負ける側にいたい」と交換船で日本に帰ってくる話も、好きだ。そして、鶴見のそんな個人的なすばらしさは、彼自身の資質と、アメリカの度量の深さによってもたらされた両方を、感じずにいられない。

憲法改正の前にやるべきこと

鶴見の語った「自然人草案」の話を通して私は、ＧＨＱの憲法草案の理念を、初めて、震えるように、いいと思った。

自然人。

臣民でも国民でも市民でもない。

上から与えられたものでなく、契約してなるものでなく、もともとそうあるものとしての、人。

憲法改正を法案とする前に、日本人にはまだまだやることがたくさんある、と思った。最もすべきは、こうしたすぐれた表現に触れて、心をふるわすこと。

すぐれた表現の効用は、それに触れたものに、第三第四の道を示せることだ。

だからこそ、結論に至るまでの議論と、それを残すことに、意味がある。それに触れた同時代や後世の人たちに、第三第四の道を示せるかもしれないから。

結論を出すとは、二者択一のどちらかを選ぶことじゃない。政治的に私たちにできることとは、選挙や国民投票で一票を投じる、それだけのことでもない。民主主義は「多数決」と同じでもない。

議論を尽くし、表現を探し、その過程を残すこと。

まずは、大日本帝国憲法からの連続性や、こうした草案の経緯もすべて、公開すればよい。全国の学校で教え、あまつさえ世界中に、公開すればよい。

そうしたら、世界にとっての糧になる。

戦争とひとつの時代が生んだ、ある奇跡的に美しい表現として。

勝者が書いた、勝者自身さえ実現できなかった理想の表現として。

人類が人類に示せる、ひとつのヴィジョンとして。

戦争も共生も何もかも、ものの考え方からできる。ならば、人類に新しい視点をもたらすものの考え方は、人類への貢献だ。

たとえ押し付けであったとしても

私は、現行憲法、特に第九条を護りぬこうという人たちに素直に与《くみ》することができずにきた。彼らの多くが言う「日本人の平和に対する願いが憲法に実った」という言い方に、嘘とは言わないまでも省略がありすぎるから。

日本人は戦争で疲弊してもう戦争は二度としたくないと思ったかもしれないが、それが憲法に実ったわけではなく、あくまで他人の言葉がその気持ちにフィットしたにすぎない。また、日本人はその後、対岸の戦争でもうけられるならそれを歓迎した事実も私を傷つける。また、日本人自身が書いたなら、あのようなクリアで美しい言葉には、決してならず、どこかで誰もが責任回避できるような曖昧な文言になっただろうとも思う。

しかし一方で、「アメリカの押し付けだから破棄すべきだ」という物言いにも、与する気にはなれない。他者が書いたということと、内容の価値は、いったん別ものとして精査すべきであると思う。もらおうが拾おうが押し付けられようが、いいものはいい、と言ったっていいはずだ。

なぜ正直に、

「私たちがつくったものではないが、美しく、私たちの精神的支えとなってきた」

と言えないのだろうか。日本人がそう世界に向けて言えれば、それは日本人の度量を示すことにもなる。うまく敗けることは、ただ勝つよりおそらくむずかしい。プライドの示し方は、強さの誇示だけではない。男らしさの誇示でもない。

あるいはこれを外交カードに使えないのだろうか？　望まない戦役に巻き込まれることを、この憲法の来歴と内容を盾に、断るようなことはできないのだろうか？

戦争は多量の破壊と喪失以外に何ももたらさないけれど、ごくまれに奇跡のようなこんな言説や概念を世に出そうとすることがあるのか、と、あらためて思う。

だったらばそれを、共同体や世界の財産と考える、という憲法のとらえ方があってもいい。

それはノーベル文学賞にも平和賞にも値すると私は思う。

しかしそれには、敗北から始めるという自らの立場をごまかさずに明らかにして、その前と後にあるすべての経緯を、すべての人に、明らかにしなければならない。

そうして初めて、とれる第三第四の道も、見えてくるだろう。

終　章　誰が犠牲になったのか

何も変わらなかった

この本を書き始めてから、ずいぶんと時間が経った。途中まではわりとすらすら書けた。個別の事象を考察するのは楽しく、発見も多い作業だった。自分自身の知らなさ加減には毎回衝撃を受けたが、それさえも面白かった。それにそれは、一般的な日本人を代表する質であるだろうとの直観もあったのだ。

だが、あるところで私は止まった。言葉が何も出なくなってしまった。あまりに大量の死に対して、それも、「敵が不在の死」に対して、一体どういう物語が共同体の救いとなりうるのかということに対して。

それは人が神を思う時であり、神を問う局面であり、神を、必要とするときである。神を、どう語っていいのか。というところで、私は止まってしまった。

その間。

「戦後の終わり」を思い知ったに違いないと私が思った、日本と日本政府は、しかし、見事に何も変わらなかった。

政権が民主党に移り、つまりは戦後初めての実質的な政権交代が起こり、またもとに戻り、何も変わらなかった。むしろ強化された感さえある。

硬直した政局は、たしかに動いたけれど、アメリカの言うことは、なんでも聞くのなら、硬直していたことが再び動いたように見えて当たり前ではないだろうか。沖縄基地でも、ＴＰＰでも。もとから決まっていたように、動いただけだ。

一方、こうも思う。二〇〇九年から二〇一二年までの民主党政権は、「国体」に無防備すぎるやり方で手をつけてしまったのだと。「国体」とは、国が、どういう成り立ちをしているかということだ。いわば国の骨格。「天皇」が「国体」とほぼイコールに結ばれていた時代は、国は天皇でできていた。天皇制が、国体だった。今、日本は、アメリカとのかかわりで国の骨格ができている。いや、相変わらず、そうできている。六十年以上経って、それが当たり前すぎて忘れた頃になって、地震で古い地層があらわれてくるように。それとも、黒船の昔からそうだったのだろうか？　というか黒船は、そんなに昔だったのだろうか？

骨格を、無防備すぎる手つきで解体することはできない。それは、そうすべきでもない。が、沖縄をあいかわらず本土のための捨て石に使い、自由主義がすべてを活性化するのだという他人の物語を自分の信念のように語り、自国民とその住む土地、フクシマを、公式の場で見捨てるのは、全く別の話だ。

見捨てたほうが、国のコスト面で助かるのだ。見捨てていい口実として、オリンピックの東京誘致は最適だった。それは、誰がなんと言おうと、むごくて醜《みにく》く、見るに堪えない図だった。

笑顔の下で

東京オリンピック誘致のプレゼンテーションで、「フクシマの事態はコントロール下にあり、東京は安全です」と安倍晋三首相（当時）は言い切った。そんなことに言い切りはありえないと思うが、彼はにこにこと言い切った。もっとも、それ以外の英語原稿を用意していなかったのかもしれないが。

別のプレゼンテーションでは、キャスター／タレント（というより「女子アナ」として知られた）滝川クリステルが、その東京では世界の皆様を最上級に「お・も・て・な・し」できます、と素敵なフランス語で言った。「お・も・て・な・し」と、そこだけ日本語を噛んで含めて教えるように、彼女が、首元にきっちりとシルクのスカーフを巻いた一昔前の高級スチュワーデスみたいな格好で、完璧な笑顔で言ったのは、興味深い。

スチュワーデスは今ではキャビン・アテンダントと言うのだけれど、あれは「スッチー」とも呼ばれたスチュワーデスとしか言いようのない雰囲気につくられた、接客用の女性像だった。もとを正せば「女子アナ」というのは、「スッチー」の後釜商売だともいえる。一昔前だったらスチュワーデスになっていたような日本女性が、女子アナに流れたのだ。高学歴で美人で、有名人男性と結婚する率の異常に高い、そのためになるのだと揶揄《やゆ》さえされる、一種独特な地位を占める女性タレント。女子アナを貶めたいのではなく、あれは、女子アナを見る目がつくった女性像だった。そして、その他人の欲望を自分の欲望として完璧に自己表現できる人が描き出す人物像だった。

彼らは一致団結して、完璧な笑顔とソフトな物腰で、すべての富を従来にもまして東京に一極集中させます、と宣言していた。そのために、フクシマはおろか他の地方もどうなってもいいのです、ということを笑顔の下に隠していた。

見ていた私は、同時に、ジョン・ダワーが書いた「占領期の日本には何か性的な匂いがした」という一節を思い出してもいた。

私は理解した、占領期の日本とは、来る者への「お・も・て・な・し」だったのかと！

在日米軍の扱いもまた「お・も・て・な・し」だった。ならば、在日米軍のための予算の「おもいやり予算」という気持ち悪いネーミングも合点がいくというものだ。

私たちは、私たち自身を一度完膚なきまでに叩きのめし鬼畜とさえ思った相手に打って変わって優しくされたことで、彼らを愛してしまい（洗脳のテクニックにこういうのがよくある）、彼らもまた、気持ちよくしてもらったことが忘れられずに、私たちを手放さない。

こういう話を、あるアメリカ研究者に聞いたことがある。「アメリカは占領期に、日本人に敵意がないことを確認すると、駐留する人員の入れ替えをした。日本と戦闘経験のない、つまり日本に対して恨みのない人員を送り、戦闘経験のある人員は本国に戻した」。アメリカのこういうところには、素直に感心してしまうし、かなわないとも感じる。こういういろいろなことが合わさって、アメリカの日本占領というのは、まれに見る不思議な幸福さを帯びていた。

生き続ける古い物語

一度目の東京オリンピック、一九六四年のそれは、驚異の戦後復興の象徴だった。その実、私たちは私たちの力だけで復興したわけではなかった。アジアにおける共産主義に対する防波堤としてアメリカに優遇され、そのおかげで戦争特需で潤った。

オリンピックの準備が始められる頃、東京の空には希望の象徴として東京タワーがそびえていただろう。私たちに繁栄をもたらした朝鮮戦争で、戦った米軍戦車が鋳潰されてできた、東京タワーが。そして街々は破壊され造り直されてゆく。破壊と創造が雇用を生む。そうした風景すべてが、驚異の復興、驚異の成長、だった。ちなみに、橋本治の指摘によると、オリンピックを、今のように巨大なものにした最初が、他ならぬこの一九六四年の東京オリンピックである。

こんな物語は、二度とは、ない。

二〇二〇年のオリンピックを今また、大きな経済成長と復興の起爆剤にできると、本気で思っているとしたら、驚異である。

これが、二〇一三年に私たちが国際舞台で発信した「物語」かと思うと、気持ちが暗くなってしまうがなかった。

まだ、古い物語を心から信じている、あるいは、信じたふりをしている。

何一つ、新しい価値は創造できていない。

そのうえ、ライバル都市たちがそれぞれの理由で自滅したから、東京が消去法でましだとみなされたにすぎない。

ここにあるのは「犠牲のシステム」である。

中央から離れた土地が、危険も知らされないまま中央のエネルギー供給の犠牲となり、その危険な廃棄物は、さらに過疎化した土地へと押し付けられる。

この「犠牲のシステム」の話だけが、以前と変わらず、明るみに出され、それで小さくどころか大きく明白になって、開き直ったように喧伝される。選択肢がひとつしかないように見せかけ、それだけが私たちの明白な運命なのだから、いいですよね？　と、承認まで強制的に求める。笑顔で。
経済発展とＧＤＰが、あなたにとってみても至上の価値ですよね？
と。

エピローグ　まったく新しい物語のために

この本の原形は、震災の少し後に書き始めたメールマガジンだった。タイトルを「まったく新しい物語のために」と言った。

東日本大震災と巨大津波、そして原発事故によって、「戦後」や経済成長という物語が終わってしまった。どんな物語が、ヴィジョンが、次に在りうるんだろうと私は考え始めた。

新しい物語は、敵味方や、加害と被害の物語にならない物語になるはずだから、もしそれが発信できたなら、いまだ加害と被害の物語に苦しむこの世界に、多大な貢献ができると思っていた。世界に類のない、「まったく新しい物語」が、この日本からこそ可能なのではないかと思っていた。

ただ、そういう物語はなかなか紡げなかったし、大勢としては、日本社会は古い物語にしがみつこうとしていた。身近な例で言えば、日本は未来を見越して独自の自然エネルギーにこそ技術立国の威信をかけ、そうしていつかやってくる世界的な資源の枯渇の時代に地球をリードする存在になろうとは考えない。それより既得権益としがらみの原子力発電を手放さない。核燃料は石油同様、輸入に頼るしかないことも、核のゴミをどうしたらよいのかわかっていないことも、何ひとつ変わらないままに。また、リニア計画（活断層の上で強い磁力を発生させるなんて！　もちろん、地震が起きる頃には責任の因果関係はわからない。決めた人の代に責任はないわけだ）や東京オリンピックなど、高度経済成長型の大型公共投資、それにバブル経済を思い出させるレートいじりの方法でしか、経済を活性化する方法を考えつけない。何も新しいものを育ててはいない。それを見るのは絶望的な気持ちだった。

そうこうするうち、自分自身の中に、「物語そのもの」に対する疑念が出てきてしまった。

人は自己の拠って立つ物語がなければ生きにくい。けれど、人は、物語に縛られ、逆に物語に操られてしまう存在でもある。

世界の宗教の歴史はそれを教えていないだろうか。

物語のつくりかたは、神のつくりかたに似ている。

神とは、物語、フィクションの最たるものなのかもしれない。

私は、創造主がいないとは思わない。けれど、それと、創造主に関する「お話」は、別のことであると思う。

人は、創造主を直接体験しようとするよりは、創造主に関する話を信じたがる。

日本に関して言えば、日本で行われていた数々の祭りや祭祀は、創造の原理を直接感得しようとするものであったと思う。けれど、直接に触れようとする営みよりは、テキストのほうを、人は信じたがる。テキストのほうが、波及力がある。だから、古来からの神道は、国家神道にされ、ドグマ化された。

戦争が終わって発表された、昭和天皇のいわゆる「人間宣言」には面白い箇所がある。「人間宣言」は、実のところ「朕は神ではなくて人間である」などとはひとことも言っていない。が、面白い箇所とは、そのように解釈された（人がそのように解釈したがった）、こんなところである。


「天皇ヲ以テ現御神《アキツミカミ》トシ、且日本国民ヲ以テ他ノ民族ニ優越セル民族ニシテ、延テ世界ヲ支配スベキ運命ヲ有ストノ架空ナル観念ニ基クモノニモ非ズ」

〝天皇を現御神だとし、だからそれを戴く日本国民は他民族より優れており、世界を支配すべき運命がある、という架空の観念がかつてあった〟ということになる。

つまり、「神にまつわるその観念は架空である」と、かつての神自身が、言ったのである。

これは、神の本質を喝破した言葉だったと私は思う。日本のことにかぎらず、神というものの本質を喝破した言葉だったと。つまりは、物語などなく生きていけたほうが、人間は健康で幸せなのではないかという考えも成り立つ。

第二次大戦後の世界を、日本では「戦後」と言う。が、それはただ戦闘状態にないだけであり、実は戦争は、続いている……そんなふうに思えてきたことも、原稿が書けなくなった理由だった。

それというのも、第二次大戦の処理というのが、実に「物語的」であったからだ。そしてその物語が、生き物であるからだ。

「戦争というものを終わらせるための戦争（War to end wars）」と言われた第一次大戦が終わって、たった二十年ほどでもう一つの世界大戦が繰り返され、やっと終わったとき、勝者たちは、猛省とともにこう考えたのかもしれない。戦争というものにはもはや、革命的概念が持ち込まれなければならないと。そしてそこに、戦争史上の「発明」ともいうべき考えが生まれたのかもしれない。戦争指導者の「平和に対する罪」「人道に対する罪」。そこに横たわる「戦争には善と悪の別がある」という考え方。

そしてこの善悪の物語が、今度は、世界を駆動したのである。

翻って、第二次大戦以前の戦争では、戦争の戦果も代償も、領土と賠償金だった。戦争は、力の戦いであるからには、必ずその都度どちらかの勝ちか優勢で終結する。が、領土と賠償金は、善悪ではない。

それが「物語」になると、勝ちは善、負けは悪、と固定されてしまう。するると、負けた国は、陣営の再編成に必死になって物語を更新しようとする。例えばドイツは、必死でそのように「戦った」。それに勝ったと言えるし、再編入を許された「善」側の立場を維持するために、物語的な努力をし続けている。そして再構成された勝ち組は、既得権益を守るために必死に、物語の更新をする。常に共通の新しい敵を探す。

世界はきっと「物語戦争」ともいうべきフェイズに入ったのである。

第二次大戦後の世界が物語を「かつてなく必要とし」「創りだし」、新しい敵を創りだす様を、日本人だって見てきたはずだ。けれど日本人の多くは、首相も含めて、物語が戦争であるとは認識していないように見える。

もうひとつ理由がある。ときどき、すべてが虚しくなるような気持ちに襲われたためである。

日本の現代史に、しかも戦後史にさえ、わからなくなっていることが数多くあるだけではない。ときどき、言語からして当たり前に使えない気持ちになった。足元からすべてが崩れるような気持ちに襲われた。

たとえば、前にも数度書いたけれど、憲法の憲と官憲の憲が同じだとは、私たちが「憲法」と言っているものは、一体なんなのか？

まったく新しい物語とはどんなものか考えるとき、私は無意識にもよくリンカーンのゲティスバーグ演説を下敷きにしていた。

リンカーン大統領が、南北戦争（アメリカ内戦。第二次世界大戦より多い戦死者を出した）の最激戦ゲティスバーグの戦いを終えたとき、戦没者追悼式典でした、民主主義の根幹を語ったとも言われる、短い演説である。次に引用する一節で世界中に知られる。
それは衝突した共同体が、互いの犠牲を前に、さらに大きな共通の価値観でまとまろうとするときの言葉だった。

“The government of the people, by the people , for the people, shall not perish from the earth”

「人民の、人民による、人民のための統治が、地上から消えないように」

今に至るまですべてのアメリカ大統領、のみならず普通のアメリカ人を、鼓舞し、同時に呪縛もする言葉だろう。ちなみに“of the people, by the people, for the people”の同じ構文は、日本の現行憲法前文にもそっくり変奏されている。原文で読めばわかる。

犠牲を乗り越え、違いを乗り越え、より大きな共同体を慰め、力づける物語。
しかし、それは、まったく新しい物語ではなく、むしろ古い物語に属すのではないか。
そんな気持ちもし始めていた。どのみち、日本の3・11は戦争ではなく、犠牲を前にしてゲティスバーグ的な感動的演説をする人も、いなかったけれど。

よくできた物語は、事態に美しい止揚をもたらすようでいて、それこそが新たな犠牲を呼ぶことがある。今の私には、そう思えてならない。

この本の執筆の終盤で読んだ巽孝之の『リンカーンの世紀』は衝撃だった。ゲティスバーグ演説の感動こそが、新たなテロリズムの始まりとなり、その結果リンカーンは、暗殺された初めての大統領となった、というのである。差異を感動的に別の高みに引き上げたゲティスバーグ演説により、新しくできた共同体は、他者を内部に抱え込んだ。不満や鬱積は今度は「内側」のものになる。それが人種差別主義的白人キリスト教結社ＫＫＫを生み、ひいては南部人の人気舞台俳優による、劇場での、大統領《スーパースター》暗殺につながった。という。

もちろん、ひとつの仮説ではある。しかし、以来の歴史を見ると、アメリカの大統領に、劇場的なセッティングで暗殺される「伝統」ができたのは、事実であるように思われる。彼らは、輝きのピークに、劇場的、祝祭的空間で殺されるからこそ、その輝きがさらに悲劇的なのである。しかも、暗殺されることで伝説化し、それが新たに、大量の神話を生んで世界を駆動する。

そして、「物語の戦争」は、こういう想像力に立脚している。役者たちは、好むと好まざるとにかかわらず、そういう筋書きに巻き込まれている。

そこでは、何を発するかと同時に、自分がどう読まれるかに対する想像力が必須になる。ある役者が舞台に立っていたら、何もせずに突っ立っていることにさえ、意味を読まれるのである。

一九八〇年代から国際的問題になるようになった、首相の靖国公式参拝。あれは私が思うに、一国の首相のみならず、靖国神社も変わらなければどうにもならない話である。私たちは、自分たちの信仰を、外国語で外国人に、話すことができるだろうか。あるいは、私たちは神話に連なる民族だと、本当に信じて、外国人にプレゼンテーションすることができるだろうか？　せめて最低限、これができるまで、首相は公式参拝は控えたらどうかというのが、靖国参拝についてもし訊かれたときの私の答えだ。

世界の政治はいまやひとつの大きな演劇なのだ。舞台の上で（隅っこであれ）ある役者が他の役者の大半に説明できないことを行うのは、脅威とみなされる。せめてそれがきっちり他のメンバーに説明できることが、最低限必要なことだと思う。

たしかにそれは内政干渉かもしれないが、今や、従来のような内と外の別はもうなく、すべてが舞台の上で見られているのである。

短時間に人をまとめあげられる話には、反作用がつきまとう。

そうした例で私たちがいちばんよく知るのは、他ならぬ明治期の、天皇を使った物語ではないだろうか。

あっという間に近代国家をまとめあげた、あの神話の力。

天皇が悪いとは言わない。

善いとも言わない。

天皇の戦争責任は、どこまで考えても、あって、同時に、ない。

天皇個人の問題ではなくて、そう創られたシステムだから。

明治国家の天皇の使い方は、天皇が権力を持ちながら、最終的に免責されるようにできていた。

天皇＝国体であり、それを守る限りは、理にかなったシステムだった。

が、そのシステムに使われた国民（臣民）は、どうなるのだろう？　それが、国民（臣民）を巻き込んだ戦争に使われたとき、事態は壊滅的にならなかっただろうか？

最終的に責任を持つべき者が免責されているのだから、暴力の、天井も、底もない。

すべては現場の裁量となり、「空気」と同調圧力が支配する。

それが大日本帝国軍に起きたことで、それは今の日本の集団でも普通に起こりうると思う。

特定の時代に天皇を利用したシステムが悪かった、というより、日本人集団のある種の自然な性向のために、天皇が利用されたと考えるべきなのかもしれない。このときすでに、「戦後」の内向きの暴力はセットされていたのではないだろうか。

だから、戦争と戦後への異議申立てが一九六〇年に日本の民衆から出たとき、それは、かつての敵国より、同胞の中にいるかつての指導者を強く憎んだのではないだろうか。

そしてついには、小さな仲間内で、憎みあい殺し合ったのではないだろうか。

しかし、どの相手を憎んでみたとて、それは代理にすぎない。

では誰の代理だったのだろう？　代理された先にも、責任者はいない。システムがあるばかりである。

顔のないものを、どう壊せというのか。

暴力の行き場がない。

行き場がなくても、暴力はある。

暴力それ自体は、悪ではない。ただ、あるものだ。発生することが、あるものだ。

人にはそれと、折り合いをつける必要があるだけだ。

暴力を、ないことにはできない。暴力を撲滅しよう、という日本によくある試みは、暴力だ。

靖国は本当に死者を慰めることができているのか？

古来のシャーマニズムの系譜を引くなら、そういう機能を持っているはずだ。それがある程度できているなら、死者とて、ずっと同じことを言うわけではあるまい。

あるいは、死者はずっと不満なのだろうか？　自分たちの立場が政治的には認められなくなったことに？　今も認められないことに？　だとしたら、政治的な解決しか鎮魂の手段にならないのだろうか？　靖国も、靖国参拝主義者の首相も、こういう意見なのだろうか？

だったらどうしたらいい？

ここが、実際的な議論がすべて止み、永遠の感情論がすれ違い始めるポイントである。

政治と宗教がくっつき、国家をなし、それが大量の死を生み出してしまったとき、その死をどうしたらいいのか、誰がどう責任をとれるのか。救うのは政治家なのか神官なのか、はたまた同胞の集合意識なのか国際世論なのか。

こう考えるとき初めて、私は、叩きのめされるほど身にしみて知るのである。

「近代国家」の要件が、政治と宗教の分離であったわけを。

そうでなければならなかったわけを。

それが、「国民軍」が戦える理由であることを。

日本には義勇兵からなる国民軍は、歴史上一度も存在しなかった。自らの意志で日本人となり、日本国のために戦った人は、いなかった。

物語は、明確にマジョリティを創りだす。だからこそ、マイノリティをくっきりと区別する。

その意味で物語は、暴力性をはらんでいる。

ある物語が支配的になると、そこには誘導性も生じる。同時に、人もそこからはずれるのがこわくなり、己の心をそれに近づけはじめる。物語のこういう側面に気がつかないのは、非常に危ないのではないだろうか。

しかし、私は思う。物語は弱者（マイノリティ）にこそ必要なものではないかと。

人間が生まれるとは自然な現象だが、人間は、自然なだけでは生きてはいない。自然なだけでは生きられない。

生きていくのがむずかしい弱者こそ、物語によって自らを支えられる必要があるのではないか。

しかし、弱者が、逆転した暴力性を持たない話は、ありうるだろうか？　あるとしたら、新しい。

暴力連鎖を終わらせられる物語とは、どういった物語だろうか？

それは、小さな話かもしれない。かすかな声かもしれない。泣きかもしれない。うめきかもしれない。そして、ひとつひとつ、バラバラで統一されないものかもしれない。役にたたない話かもしれない。しかし、人が生きていくのに、切実に必要な話。これがあれば生きていける、という話。

それは、一人一人に、あるはずだ。そして一人一人、ちがうはずだ。声がちがっているように。


私はこの「敵なき大喪失」への言葉を探してきた。

いろいろな言葉を拾い、聞き、読んできた。既存の宗教がそろって沈黙するのを、やむなしとは思いつつ、やるせない思いで見てきた。

「がんばろう東北」というスローガンは特に奇妙だ。「いっそ絶望したほうが、いくらかましなことができたかもしれない」という、自決前の三島由紀夫が書いた文の一節を思い出す。いまどき、鬱の人に「がんばって」と声をかけてはいけないことは、流布した知識だ。政治的正しさと言うべきほどだ。なのに、あれだけの喪失を味わった人々に、「がんばろう」とこんなにも一斉に言うとは、なにごとか？

「がんばれ」じゃなく「がんばろう」なら「私もがんばるから」というニュアンスがあるからいいのか？　私ががんばるのと、あなたもがんばれる、の間には、順接逆接、いかなる関連もない。

あえて言うなら、「嘆いていい、東北。あなたたちのために私たちはがんばる」と東北以外の人たちが言うのが、筋ではないだろうか？

しかしそういう中で、私が惹かれたものたちもあった。

それらは一見、なんの効果もない語りであり、方法なのだった。そして「語り」や「言葉」というよりもっと、かたちの一定しない、原初の何かという気もした。「泣き（哭き）」のような。

私が触れられるものに限界はあるが、個人と共同体がどんな言葉を紡ぎうるかという意味において、特に感銘を受けたふたつをここで紹介したい。また、この本を読んでいる人の中で、何か響いた言葉を持つ人があれば、どうか、私に教えてほしい。

『黒い海の記憶――いま、死者の語りを聞くこと』。著者の山形孝夫は、一九三二年生まれの宗教人類学者でありキリスト教者である。幼いころ、母親が彼にだけ予告自殺をしたことを、誰にも言えず、泣くことさえできなかった。長じて宗教人類学者となった。聖書の中のイエスの言葉に「涙の革袋」や「嘆きの家は喜びの家に勝る」という言葉を見つけ、救われる思いでキリスト教者となる。若いある時、アフリカや、アメリカ黒人など、正統的なキリスト教より、辺境に惹かれていった。アルジェリアの教会を訪ね、砂漠を歩いたそのとき、風が鳴るのを聴き、そこに懐かしい母の声を聴く。彼はただ身を委ね、初めて泣いた。それだけのことだった、が、何かが変わった。そういうことは、たしかにある。何があったわけでもないのに風景が自分の気持ちの重みを分かち持ってくれたというような体験もある。それは恩寵というべき瞬間で、些細に見えようと、そういうことこそが人に真の変容をもたらすのではないかと思う。哭くこと、死者を思って声を出すこと、歌うこと。人に見せるでもないそんな営みの中で、人は癒えていくのではないだろうか。

『東北を聴く――民謡の原点を訪ねて』。佐々木幹郎は一九四七年生まれの詩人である。津軽三味線の二代目高橋竹山とともに、東日本大震災の直後に、被災地の村々を行脚した、稀有な旅の記録がこの本である。初代高橋竹山は、ほぼ盲目の男性で、過去に東北を襲った津波で被災したことがある。そのとき、誘導した人のとっさの機転――盲目の人は草の野原では足をとられるだろうから、藪につかまりながら斜面を這い登る道を選ぶ――

で助かったという話は圧巻だ。そうやって生きのび、初代は芸を弟子に継いだ。また、初代がその体験を方言で話したのを忠実に起こした文章が、たいそう美しく、それ自身歌のようで、失われた言語が今に取り戻されたかのように生き生きしている。事実、方言は、明治期に政府から禁止されたのであり、長い間、失われた言語だった。東北は、長い間、中央から剝奪され続けた土地だった。

これを読んだときに、現代の琵琶法師のようだと思った。滅びたものの魂を慰める。それは、教養によるものではないし、教養による必要も、ないことだろう。死者との対話は——神との対話でも——、誰にでも可能だと私は思うし、あらゆる共同体にはもともと、それを司る人がいた。それは霊媒やシャーマンだったりもしたが、芸能者や詩人だったりもした。

挙げてみて、あまたある震災への言葉の中で、私が反応したものたちにはある特徴があるのに気づいた。

神を問わずにいられない人が、神と触れる瞬間のようなものを描いていることである。

ふとした瞬間に、人に開かれている何か。

それは生きた人と人との間にもあるだろう。

風が生まれる瞬間にも似た何か。

つぼみが開くときにも、葉が一枚、枝からはらりと落ちるときにも。

なんぴとも、それを無理に起こすことができず、阻止することもできない何か。

それは来て、そこを通り、何かを変容させて去っている。

そこには、教義化されない、原初の祈りや信仰が立ち上がってくる、そんな力があるのではないだろうか。

まったく個人的であり、だからこそ奥底で普遍に通じる、そんな力が。

YOKOHAMA 2014　〜あとがきに代えて

この本の入稿作業が大詰めになった頃、ぽっかりと時間が空いたことがあった。それは三月の終わりで、三月らしく、さまざまな終わりと始まりがあった。年若い友人の死さえあった。三月の終わりはまた、私の母の誕生日がある季節でもある。私は母を、一度一緒に行きたかった場所へと、一泊旅行に誘った。母と旅行するのは、一九九四年以来だ。二人して好きだった、件の宝塚のスターのサヨナラ公演を観に、宝塚まで行ったのが最後だから。

その場所とは、横浜のニューグランドホテルだった。

父母がデートしたというその場所に、私は一度行ってみたかったのだ。

横浜ニューグランドホテルは、占領期の日本には特別な場所だ。厚木基地に降り立ったマッカーサーが、その足で向かい、それから三泊したホテルだ。今でも、マッカーサー・ルームという客室がある。しかもマッカーサーの逗留はそれが初めてではなく、一九三七年に、彼は二度目の結婚の新婚旅行でそこに泊まったのだという。ニューグランドホテルは、日米関係でできたようなホテルでもある。なんとペリー来航の間というものまである。

そんな場所が、一九四〇年代末から五〇年代にかけての若い日本人カップルにとって、なぜノスタルジアを喚起する場所であるのか。そのことを、一言で説明する言葉を私は持たない。間違いなく悔しくて、屈辱で、そして心地よく、甘かったろう。そういうことを表す一語はない。身体的で生理的に働きかけてくる、強い力。そんな記憶を持たない私にまで働きかけてくる、ノスタルジア。

母と知らない街を歩くのは、ゆっくり流すような歩調になる。

そこ段差あるから気をつけてと、手をとって言ったそばから自分が足をとられそうになったりして笑う。

昔好きだった歌が、頭に去来する。横浜を漂うように歩く恋人同士の歌。

二人だけなら心にハーバーライト

肩寄せあうよにチャイニーズスタイル

年老いてたしかに小さくなった母をエスコートして歩いていると、前世というものはあるように思えてくる。でなければなぜ、こんなに寄り添って恋人同士のように歩くだろう？　血の繋がった同性同士が、かけがえのない伴侶のように。人間関係とは、魂が行う壮大なロールプレイなのかもしれない。抱えた個人と集合の問題が、光に昇華されるまで、役割を変え、逆転し、出会い出会い続ける壮大な劇。私が誰かのもとに生まれ、何かを受け渡されたのは、所与の条件。ならば私の人生も運命も、それを抱きしめることからしか始まらない。

浜風に吹かれながら、私に手を引かれ歩く母はまるで、頑是《がんぜ》ない幼娘のようだ。

背が母よりずっと高い私が、母の手を引いて歩くことがあるなどと、思っていなかった。人生に、そういうことがあるのだとは。

少し乾いて、しかし柔らかい手。母と私は、肌や肉の感触が似ている。手をつなぐと、境がいつしか溶けて、つながるような気がしてくる。

私が子供に還るようであり、母が私の娘になるようであり、私が未来の私と手をつなぐようでもある。時の流れは、あって、ない。時が循環する。

「あのね、私、あなたとお友達《ともらち》になれて本当によかった」

突然、母が言う。ろれつが回らないわけじゃない。母が幼児語を使うのは、本心を言うときだ。

「うん」

私は言う。

二人で同じ光の方向に、ゆっくり歩き続ける。

つないだその手の感触を、痛いほどの西陽を、黄色っぽい埃の舞うチャイナタウンの風を、私は生涯、忘れないだろう。

いつか、永遠にその手を離す時が来た時、涙が涸れても私は泣くだろう。

そのとき私を抱いてくれるのは、日本であって日本でない、こんな風景なのかもしれない。

かつて占領された風景の、私のものではない、私のノスタルジア。私はいつか、そこへと帰るだろうか。それだけが、この日本の中で変わらない風景だとばかり。それが私が、敗戦を抱きしめるということであり、私の親たちと私を、抱きしめることになるだろうか。

チャイナタウンの喧騒の中、ふと思う。ここにはあの戦争と人間の関係性とが、出そろっている。

中国、アメリカ。商売、衝突、支配、葛藤、非支配……。

そのとき気づく。いろいろな関係性の中で、友、は、方向性を持たず、二項対立にもならない。それは他者との、存在の在り方を示している。

他者と出逢うさまざまなかたちの中に身を置きながら、誰しもどこかで時代と運命に翻弄される。そこに永遠はあるだろうか、永遠とはなんだろうかと、考える。

母と手をつないだまま、街と夕陽にじんと浸されてゆく。

参考文献

ジョン・ダワー『敗北を抱きしめて――第二次大戦後の日本人』上下（増補版）、三浦陽一・高杉忠明・田代泰子訳、岩波書店、二〇〇四年
フランチェスカ・ガイバ『ニュルンベルク裁判の通訳』武田珂代子訳、みすず書房、二〇一三年
半藤一利・保阪正康・井上亮『「東京裁判」を読む』日経ビジネス人文庫、二〇一二年
加藤陽子『それでも、日本人は「戦争」を選んだ』朝日出版社、二〇〇九年
宮脇淳子『世界史のなかの満洲帝国』ＰＨＰ新書、二〇〇六年
橋本治『言文一致体の誕生――失われた近代を求めて１』朝日新聞出版、二〇一〇年
保阪正康『六〇年安保闘争の真実――あの闘争は何だったのか』中公文庫、二〇〇七年
伴野準一『全学連と全共闘』平凡社新書、二〇一〇年
小熊英二『〈民主〉と〈愛国〉――戦後日本のナショナリズムと公共性』新曜社、二〇〇二年
永田洋子『十六の墓標――炎と死の青春』上下、彩流社、一九八二・八三年
坪内祐三『昭和の子供だ君たちも』新潮社、二〇一四年
坪内祐三『一九七二――「はじまりのおわり」と「おわりのはじまり」』文春文庫、二〇〇六年
金田茉莉『東京大空襲と戦争孤児――隠蔽された真実を追って』影書房、二〇〇二年
上祐史浩『オウム事件 17年目の告白』有田芳生検証、扶桑社、二〇一二年

森達也『A3』集英社インターナショナル、二〇一〇年
片山杜秀『未完のファシズム——「持たざる国」日本の運命』新潮選書、二〇一二年
中島岳志『保守のヒント』春風社、二〇一〇年
『英文対訳　日本国憲法』ちくま学芸文庫、二〇一一年
今井一『「憲法九条」国民投票』集英社新書、二〇〇三年
鶴見俊輔『期待と回想——語り下ろし伝』朝日文庫、二〇〇八年
高木徹『国際メディア情報戦』講談社現代新書、二〇一四年
巽孝之『リンカーンの世紀——アメリカ大統領たちの文学思想史』増補新版、青土社、二〇一三年
山形孝夫『黒い海の記憶——いま、死者の語りを聞くこと』岩波書店、二〇一三年
佐々木幹郎『東北を聴く——民謡の原点を訪ねて』岩波新書、二〇一四年

N.D.C.210　302p　18cm
ISBN978-4-06-288246-0

講談社現代新書　2246

愛《あい》と暴力《ぼうりょく》の戦後《せんご》とその後《ご》

二〇一四年五月二〇日第一刷発行　二〇二三年六月二三日第一二刷発行
著者　赤坂真理《あかさかまり》　©Mari Akasaka 2014
発行者　鈴木章一
発行所　株式会社講談社
東京都文京区音羽二丁目一二―二一　郵便番号一一二―八〇〇一
電話　〇三―五三九五―三五二一　編集（現代新書）
〇三―五三九五―四四一五　販売
〇三―五三九五―三六一五　業務
装幀者　中島英樹
印刷所　株式会社ＫＰＳプロダクツ
製本所　株式会社ＫＰＳプロダクツ
定価はカバーに表示してあります　Printed in Japan

本書のコピー、スキャン、デジタル化等の無断複製は著作権法上での例外を除き禁じられています。本書を代行業者等の第三者に依頼してスキャンやデジタル化することは、たとえ個人や家庭内の利用でも著作権法違反です。Ⓡ〈日本複製権センター委託出版物〉複写を希望される場合は、日本複製権センター（電話〇三―六八〇九―一二八一）にご連絡ください。

落丁本・乱丁本は購入書店名を明記のうえ、小社業務あてにお送りください。送料小社負担にてお取り替えいたします。なお、この本についてのお問い合わせは、「現代新書」あてにお願いいたします。

「講談社現代新書」の刊行にあたって

教養は万人が身をもって養い創造すべきものであって、一部の専門家の占有物として、ただ一方的に人々の手もとに配布され伝達されうるものではありません。

しかし、不幸にしてわが国の現状では、教養の重要な養いとなるべき書物は、ほとんど講壇からの天下りや単なる解説に終始し、知識技術を真剣に希求する青少年・学生・一般民衆の根本的な疑問や興味は、けっして十分に答えられ、解きほぐされ、手引きされることがありません。万人の内奥から発した真正の教養への芽ばえが、こうして放置され、むなしく滅びさる運命にゆだねられているのです。

このことは、中・高校だけで教育をおわる人々の成長をはばんでいるだけでなく、大学に進んだり、インテリと目されたりする人々の精神力の健康さえもむしばみ、わが国の文化の実質をまことに脆弱なものにしています。単なる博識以上の根強い思索力・判断力、および確かな技術にささえられた教養を必要とする日本の将来にとって、これは真剣に憂慮されなければならない事態であるといわなければなりません。

わたしたちの「講談社現代新書」は、この事態の克服を意図して計画されたものです。これによってわたしたちは、講壇からの天下りでもなく、単なる解説書でもない、もっぱら万人の魂に生ずる初発的かつ根本的な問題をとらえ、掘り起こし、手引きし、しかも最新の知識への展望を万人に確立させる書物を、新しく世の中に送り出したいと念願しています。

わたしたちは、創業以来民衆を対象とする啓蒙の仕事に専心してきた講談社にとって、これこそもっともふさわしい課題であり、伝統ある出版社としての義務でもあると考えているのです。

一九六四年四月　野間省一